Mann til Mann

En samling sexnoveller for menn som har sex med menn..

Innholdsliste

Reisen

Harry holdt frem hånden for å betale for colaen, han skalv litt på hånden i det den kjekke bartenderen kom for å ta i mot. Harry løftet blikket sakte, forbi navneskiltet, forbi en glattbarbert hake og opp i to eventyrlystne grønne øyner. Toby, stod rett foran ham og smilte, så en rekke kritthvite tenner vistes mellom to nydelige lepper.

'Her er pengene, det skal være akkurat.' Han forsøkte seg med et smil.

Pengene hadde han telt dem på forhånd, dette var ikke hans første besøk i baren, og han hadde akkurat begynt å forstå seg på Euro. Det hadde tatt ham en ukes tid, men nå gikk det nesten av seg selv.

'Som alltid,' sa Toby, 'Du pleier å henge rundt her?' Sa han spørrende, selv om han selvfølgelig visste svaret.

'Jeg har bare vært her i fire dager.' svarte Harry, men han merket seg at Toby hadde merket seg ham, han likte den følelsen. Han tok en sjanse 'I dag er det faktisk bursdagen min!'

'Er det?' ville bartenderen vite.

Harry bare nikket.

'Skal du feire med foreldrene dine eller?'

'Foreldre? Nei, jeg har kommet hit alene.'

'Alene?' sa Toby, han ble litt overrasket, men det gikk fort over.

'Jeg trengte å dra avgårde for meg selv. Dette er det første stedet jeg kommer til. Fint her..' La Harry til.

'Det er ikke så verst her, litt rolig kanskje men sikkert et flott sted å starte en reise på.'

'Det var det jeg tenkte også.' smilte Harry fornøyd.

'Så du har ikke noen å feire bursdagen din med da?'

'Om ikke *du* vil feire med meg?' Spørsmålet var stilt, det var nå eller aldri.

'Jeg kan ikke tenke meg noe annet.' sa Toby, han smilte om mulig enda bredere, Harry også.

'Kan jeg få de pengene nå?' spurte han. Harry så ned på hånden sin, neven hans var knyttet hardt rundt myntene, men han slapp dem fort. Litt for fort, bare et par av myntene landet i Tobys hender - resten falt ned på gulvet bak bardisken.

'Unnskyld!' utbrøt Harry.

Toby bare lo 'Det gjør ingenting'. Så bøyde han seg ned så den sexy, trente og stramme rumpa struttet rett mot ham. Harry kunne ikke unngå å tenke at han ville slikke det rumpehullet.

Plutselig var Tobys ansikt tilbake.

'Sånn,' han slapp myntene ned i kasseapparatet - så snudde han seg mot Harry igjen. 'Hva heter du egentlig?'

Harry smilte. 'Jeg heter Harry.'

Toby smilte, 'Jeg heter Toby, hyggelig å endelig hilse på deg Harry. Hva sier du til å møte meg her klokken seks i kveld? Så skal vi nok ordne en fest for deg.'

Harry gikk bortover stranden mens han drakk fra colaflasken. Han gjemte blikket sitt bak et par ganske kule solbriller han hadde kjøpt på flyplassen. Det var så vanvittig mye mer å se på her nede enn han hadde sett for seg før han dro hjemmefra. Ikke bare var det helt sprøtt å for første gang bevege seg mellom palmer og tropiske planter, det var hele kulturen, språket, klimaet og ikke minst menneskene. I byen krydde det av folk, en god blanding av lokale og de reisende. Det hele omringet av pulserende energi, og det krydde av surfere.

Den første kvelden hadde han drukket alt for mye. Inntrykkene hadde nesten eksplodert hjernen hans, til slutt satte han seg bare på stranden og så ut på bølgene som slo mot ham. Månen skinte over horisonten.

Det var da Harry fikk øye på Toby for første gang, han visste ikke det da selvfølgelig, men han kjente hvordan hjertet slo litt hardere og haken løsnet fra kjeven hans.

Til høyre for ham hørtes plutselig en høy glad latter, når han snudde hodet og der stod en kjekk, høy bartender og sjonglerte tre glass i luften. Han hadde blondt halvlangt hår og så ut som en prins. I hele tjue minutter, ble Harry bare liggende å se på bartenderen som jobbet. Jentene klappet når han gjorde triksene og guttene fulgte minst like imponert med. Han ble avbrutt av to karer som kom bort til ham.

'Hola, coma estas?'

Han fikk forklart dem at han bare snakket engelsk.

'Hva ligger du her alene for, min venn? Det er masse liv borti by´n.'

Harry forklarte at han allerede hadde vært en tur innom, men trengte litt luft. Dette var bare første dagen hans på reise.

Da endret de to rastafariene holdning på et øyeblikk.

'Hva sier du, mann? Din første dag? Det er fantastisk.' Så satte de seg ned, den ene het Steve, den andre presenterte seg som Ali. Den siste begynte straks å rulle en joint.

Harry hadde røkt hasj før, flere ganger hjemme i Oslo, men da hadde han vært i lag med venner han kjente godt. Han måtte innrømme at han var litt bekymret, men minnet seg selv på hva han hadde lovet seg selv. *Si ja til alle utfordringer.*

Det hele hadde utviklet seg til et svært hyggelig møte. Både Ali og Stevie jobbet som fiskere til vanlig. Men nå var de på ferie og da dro de hit. Dette var det kuleste stedet i hele området. Folk fra hele verden møttes her for å feste.

De røyket jointen og reiste seg for å gå videre. 'Takk for et hyggelig møte mann, vi snakkes sikkert.' sa de og vinket seg videre.

Han kunne høre dem le for seg selv, men han trodde han hadde kommet ut av det ganske bra selv, han hadde fortalt om livet hjemme i Norge, og de om livet der nede. Nå skulle de på nattklubb, men Harry sa han heller ville sjekke ut strandbaren ved siden av. Hasjrøyken hadde gjort han en del svimlere, men han var ikke like kultursjokket lengre. Han følte seg klar for å bevege på seg igjen. Harry fant et toalettbygg ved siden av strandbaren og gikk inn der for å pisse og stelle seg litt.

Det var ingen andre på toalettet. Han stilte seg derfor ved pissoaret, dro ned badeshortsen, han hadde ikke på seg noen bokser - så var det lettere å bade om han plutselig fikk lyst til det, hadde han tenkt. Men han ble stående å sjangle et par ganger før det kom noen dråper, han måtte jo egentlig ikke pisse. Men han var fjern, han dro et par ganger i snabben, men det kom ikke noe mer.

I stede gikk han bort til speilet. Han så ikke så verst ut, ganske pen om han fikk si det selv. De blå øynene hans stirret tilbake mot ham, men det så ikke så verst ut. Han hadde på seg den gule t-skjorten med trykk for et kjent surfe-merke, solbrillene hadde han ikke noe mer bruk for dem i dag, så de hang i halsen.

Så hadde han gått bort til strandbaren. Der spilte de halvhøy punk og det var omtrent halvfullt ved bordene. Likevel var det to bartendere bak disken og ei jente som fløy å ryddet bordene. Noen karer stod borte ved en liten scene og styret med noen kabler. Mens Harry endelig kom frem til disken, fikk han akkurat bestilt seg en øl fra den kjekke bartenderen før de sparket løs en rockeklassiker fra scenen og hele publikum jublet løs. Resten av samtalen gjorde de uten ord. Harry hadde telt opp så det var helt nøyaktig med mynter, pluss en Euro i tips.

De smilte til hverandre, men Toby hadde vært altfor travel til at de fikk utvekslet noe mer den kvelden.

Colaflasken var tom. Det var kanskje like greit, han var litt lei av å bære på den. Han fant en søppelkasse på veien hjem.

Han var så spent at han nesten nesten danset gjennom gatene. Men først skulle han kjøpe en gave til seg selv, og et par øl til å ha på rommet. Det og en ny skjorte.

Det tok ham en time å komme seg tilbake til hostellet. Han hadde fått et flott rom for seg selv. Det var greit nok at han skulle bo billig, men han syntes sovesaler var å dra det litt langt den første uka. Det kunne han gjøre etter bursdagen, frem til da hadde han bestemt at det skulle leves i litt luksus. Derfor hadde han nå et stort værelse, med skrivepult og sittegruppe. Alt var ganske slitt, men han hadde i det minste sitt eget bad - og nå gikk han rett i dusjen, det var fremdeles syv timer til klokken var seks.

Det varme vannet rant nedover Harrys nakne kropp. Han hadde smurt seg inn med såpe, og føttene hans var badet i boblevann. Han strøk seg stramt under ballene og så for seg Toby naken. Toby hadde invitert ham til å feire bursdagen hans. Harry hadde muligens lagt opp til det selv, men det virket som om Toby virkelig ville ta ham med ut.

Han lukket øynene og lot tankene la en naken Toby gå løs på kroppen hans mens han hjalp seg selv med høyre hånden, og lot venstrehånden gå bak og presse en romsterende pekefinger lekende rundt i rumpehullet sitt.

Harry hadde skiftet å kledd på seg det nye antrekket. Han så tøff ut. Med skjorte og en litt mørkere shorts en tidligere. Solbrillene lot han ligge. I stede satte han seg på den lille balkongen utenfor døren hans. Her la han seg med en øl, tok en røyk frem og tente den og ønsket for første gang seg selv gratulerer med dagen.

Om et par timer skulle han feire med Toby, hjertet han slo litt raskere bare ved tanken. Nå ville han bare nyte ettermiddagssolen fra hengekøyen sin. Det begynte brått å vibrere i lommen hans. Telefonen hans, som han også hadde kjøp i butikken på flyplassen hadde erstattet den gamle Nokiaen hans uten ta-på-skjerm. Denne var en helt ny opplevelse, og en gave fra faren hans på nittenårs dagen. Det var lillebroren hans som ringte. Stian.

'Gratulerer med dagen, er det varmt der ned eller?'

Stian var fjorten og helt i ekstase over at storebror hadde dratt ut i verden helt alene.

'Det er bra shorts-vær.' svarte Harry.

De snakket i noen minutter, Stian skulle hilse fra resten av familien og så returnerte Harry til hengekøyen og forsvant inn i egne tanker igjen.

Endelig kunne han gjøre akkurat hva han ville. Frihetsfølelsen han følte var nesten for mye, det eneste han følte var nysgjerrighet for hva som befant seg rundt neste sving. Han stakk hånden ned i shortsen og tok et lite tak i ballene. Han var kåt. Selv etter den fantastisk utløsningen han nettopp hadde i dusjen var han fortsatt kåt. Det måtte være klimaet her nede, kanskje det var friheten eller bare en lengsel etter å ha sex. Han var helt stiv nå, men ville ikke runke. I stede bare nøt han følelsen av å være kåt, mens han kilte seg selv på ballene. Han kjente hvordan det strammet i shortsen, og han nøt følelsen av å pumpe den litt hardere for å kjenne pikken presse mot magen. Til slutt måtte han stoppe, alle følelsene gjorde ham kåtere enn planlagt, det var rett før han kom - men han klarte å holde seg. Han presset med tommelen og pekefinger over hodet rett før han sprutet for andre gang på under en halvtime.

Rundt to timer senere satte han seg ned på et bord ved strandbaren. Dette var første gang han la merke til navnet på stedet. *Savanna*. Toby var ikke på jobb. Det var den andre fyren fra første kvelden og en dame. Hun var litt eldre så Harry veddet på at hun var sjefen eller eieren. Han hadde ikke kommet enda, så Harry bestilte seg en øl ved disken å satte seg med utsikt mot stranden.

Et par familier holdt på å pakke sammen sakene sine, noen gamlinger spilte et sånt kulespill han aldri husket navnet på. Ellers var det rolig, i baren også. De fleste var vel hjemme for å gjorde seg klare for en festlig fredagskveld.

'Har du kommet allerede?'

Harry så på klokken på veggen bak baren, den var kvart på. 'Jeg så ikke på klokka,' smilte han.

'La meg gå å bestille meg noe å drikke. Straks tilbake'

Toby smilte og forsvant mellom barene over til kollegaene. Harry konsentrerte seg om ølen sin, den var nesten tom.

Toby kom tilbake med to glass og en mugge med fargerikt innhold. 'Denne vil få det til å rykke litt i danselabben,' gliste han.

Den gjorde det, det var heftige saker han var blitt servert. Men det var helt perfekt. Harry var i et slående humør og selskapet kunne ikke vært bedre. Instinktet hans hadde hatt rett, Toby var virkelig interessert. De flørtet seg gjennom hele muggen til Harry var på nippet til å renne over, han måtte skynde seg på toalettet.

Mens han stod foran pissoaret gikk døren opp bak ham, et gjorde ikke noe. Han var full nå - så det var ikke noen fare for prestasjonsangst.

Plutselig snakket noen bak ham, det var Toby. 'Du er utrolig søt, Harry.' Toby stod rett bak Harry. Harry kjente pusten til Toby i nakken. Så kjente Harry Toby stryke hånden ned langs høyrearmen hans hvor han tok over grepet rundt pikken hans.

Harry ble kåt umiddelbart. Toby tok grep rundt pikken hans og strøk over ballene hans med den andre hånden. Harry var i ekstase, det var ufattelig deilig og litt skremmende på samme tid.

'Pikken din er deilig.' hvisket Toby, mens han runket den sakte et par ganger.

Harry visste ikke helt hva han skulle gjøre, men lente seg mot Toby og kunne kjenne en lang pikk trykke mot rumpeballene hans.

'Jeg skal la deg gjøre deg ferdig, egentlig lurte jeg på om du ville vi skulle stikke. Vi kan dra ut med båten min hvis du vil, har du vært på havet enda?'

Harry kremtet. 'Gjerne det, nå med en gang?'

Toby runket ham sakte et par ganger til. 'Hvis du vil? Vi har jo tømt muggen, dessuten har jeg full bar ombord.'

Harry var solgt, det var ikke noe han heller ville akkurat da. Toby slapp sakte tak i pikken hans, den stod vibrerende, rett ut tilbake. Han kjente Tobys lepper mot nakken og så forsvant han ut døra igjen.

Seilbåten til Toby var flott, langt fra ny, med akkurat så mye sjarm som skulle til. Han hadde bodd i denne båten i to år snart, reist rundt omkring hele kloden og tatt småjobber for å holde ting i gang.

Harry ble fascinert. Det var noe slikt han drømte om selv, en dag skulle han eie sin egen skute. Han hadde fått en drink av Toby, skipets egen, som han hadde utviklet selv. Harry var ikke så bevandret i sprit-verden, men denne smakte sterkt av rom. Den var god, akkurat passe søt.

Det tok ikke lang tid før de satt ved siden av hverandre i sofaen. En sliten vinrød sofa som Toby måtte ha satt inn selv - for den var ikke akkurat skips-materiale.

Toby strøk Harry forsiktig på låret hans. Harry på sin side ville ikke være noe dårligere - han ville være den som tok første steget. Harry nølte ikke, spriten gjorde det lettere, men han la bare hånden over Tobys harde pikk og strøk den frem og tilbake.

Det var ikke nødvendig å si noe. Begge to var like kåte, gale etter å utforske hverandres kropper. Harry kjente hvordan shortsen hans ble dratt av ham og så på mens Toby vrikket seg ut av sin egen underbukse. Avslørte en nydelig stiv stav som stirret mot ham. Toby satte seg mellom beina hans og tok hele ham i munnen. Han stønnet høyt.

Toby sugde ham hardt og presset med tungen på alle de riktige stedene. Men han klarte å holde seg, ville ikke komme for fort. Etterpå gjengjeldte Harry på Toby mens han stod oppreist. Sugde grådig på pikken foran seg.

Toby plasserte Harry på alle fire og tok et fast grep i Harrys pikk som han runket forsiktig mens han begynte å slikke Harry i rumpehullet. Gjorde det vått, lot musklene venne seg til at han var til stede. Holdt rumpeballene fra hverandre mens han slikket seg lenger og lenger inn - til tungen ikke nådde lenger. Så begynte han med fingrene, først en finger, så to, men på tre stønnet Harry så høyt at Toby stoppet.

Harry holdt på å dø av nytelse. Det var helt fantastisk. Nå strøk Toby tuppen av pikken sin mot rumpehullet hans, han stønnet igjen - klarte ikke la være. Det var så godt.

Sakte kjente Toby Harrys trange rumpe brette seg rundt staken hans. Han gled så langt inn det var mulig mens Harrys stønn fulgte. Han begynte sakte å kjøre frem og tilbake. Holdt Harrys rumpe med en hånd på hver side å dro ham mot seg. Harry hadde en fantastisk liten sprettrumpe som bare gjorde ham enda kåtere. For hvert støt utstøtte han et lite hulk selv også. Dette var noe av det mest fantastiske han hadde pult. Han vred Harry rundt, ville se ansiktet hans mens han pulte.

Det vakre, søte ansiktet lyste mot ham, mer - han ville ha mer. Toby nølte ikke, kjørte seg inn igjen og pumpet den nydelige gutten så godt han klarte. Harry vred seg, det var helt nydelig.

Harry klarte ikke å runke seg selv, det ble for mye. Han kunne komme når som hest nå. Toby så også ut til å ville komme. Det var like før nå. Toby grep Harrys pikk og begynte å runke ham hardt. Kombinasjonen av å bli pult og runket samtidig ble med en gang for mye for Harry, han kom. Hardere en noen gang før. Hele han ristet, selv lenge etter at det var over. Toby måtte ha kjent ham stramme rumpemusklene i rykningene for nå kom han også.Han trakk seg ut av Harrys trange hull og pekte den mot ansiktet hans i stede. Harry nølte ikke, tok med en gang over ved å suge den harde pulserende pikken til Toby til han kom. Toby måtte holde seg fast i taket og lente seg bakover når han kom. Som om ikke det var nok så sugde Harry ut hver eneste lille dråpe av ham.

Begge to var fremdeles like harde. Litt mer slitne, la de seg med munnen ved hver sin pikk. Harry tok seg en slurk av glasset på bordet og Toby fulgte etter. Så vendte de begge oppmerksomheten tilbake til det de holdt på med. De holdt hverandre stive en lang stund, nøt bare på hver sin side. Det hendte Toby tok en pause og heller jobbet seg bakover. Kysset og slikket ballene, før han stakk tungen dypt i hullet til Harry.

Til slutt løftet Toby opp hele baken til Harry, slik at den stod rett opp. Mens Harry fortsatte å suge ham, begynte Toby å fingre den nydelige rompa foran seg. Han brukte en dildo fra hylla over dem. Smurte den inn med litt glidemiddel og førte den inn i Harry. Der vred han den sakte i alle retningen, mens han runket Harry med venstrehånden. Hans egen pikk lå dypt begravet i munnen på en stønnende Harry. Hullet begynte å bli mykere nå, det var blitt godt utvidet.

Harry ble liggende i samme stilling mens Toby løftet seg opp for å ta ham en gang til. Han så ut til å like det han så og Harry ville kjenne Tobys pikk så langt inni seg som mulig. Slik ble det også, Harry kjente Toby så langt inni seg som overhode mulig.

Toby gledet seg over å se pikken hans gli ut og inn av den deilige sprettrumpa. Pumpet ham skikkelig. Han ville komme inne i gutten. Ville fylle ham med spermen sin.

Harry tok i mot, klemte jevnlig med rumpemuskelen for å gjøre det bedre for Toby, samtidig som han stønnet selv hver gang han gjorde det. 'Kom inni meg!' ba han.

'Gjerne' smilte Toby tilbake og økte farten.

Eriks tre første

Festen var allerede i gang. Det var ikke noen stor fest, men så var det heller ikke meningen. Vi skulle drikke oss fulle hjemme hos kjæresteparet Tom og Martin og så dra ut på byen sammen. I tillegg til dem var det meg og en ung fyr jeg aldri hadde møtt før og som ikke sa stort. Med andre ord et foreløpig rolig vorspiel.

Ute var det enda lyst, og vi satt rundt kjøkkenbordet med hver vår drink. Tre av oss hvert fall, yngstemann, den stille gutten jeg fikk vite het Erik satt på gulvet foran sofaen i stua og spilte Xbox, formodelig uvitende om at vi snakket om han bak ryggen hans.

'Han sier ikke stort, men han er jo søt.' sa Tom

'Han vet jo at vi er kjærester, en dag begynte han bare å komme hit å henge, stod bare utenfor døren en dag og spurte om vi ikke kunne være venner.' fulgte Martin opp og slo ut med armene. 'Etter det kommer han hit noen ganger i uka. Det er jo litt spesielt.'

'Kanskje han ikke har så mange andre venner?' foreslo jeg.

Martin ristet på hodet 'Joda, han snakker stadig om kompisene sine på skolen og det virker som om han har det bra hjemme.'

'Hvor gammel er han?' ville jeg vite.

Tom flirte, 'Han er heldigvis atten. Ellers hadde vi vel fått problemer med foreldrene hans eller noe. Men han kommer hit av fri vilje og hos oss er døren alltid åpen.'

'Jeg går inn med en drink til ham, så joiner han oss nok etter hvert.' Martin reiste seg å gikk inn med en av de ti klargjorte drinkene på bordet.

'Er han gay?' spurte jeg lavt mens Martin var inne i stuen.

'Hvordan det, skal du prøve deg?' Hvisket han tilbake.

'Han er ikke så mye yngre en oss, fem år er ikke ille i det hele tatt!'

'Hehe, neida. Han har ikke sagt noe og vi har ikke presset ham, men noe ligger det vel bak at han liker så godt å henge med oss.' Tom heiste på skulderen. 'Jeg vet ikke.'

Martin var tilbake igjen. 'Han skal bare spille ut denne runden så kommer han.'

Vi konsentrerte oss om noe annet. Drinkene gikk ned og stemningen steg, Men en stemme inni meg ville hilse ordentlig på Erik også. Jeg henvendte meg til de to andre.

'Det har gått en stund nå, vi skal ikke bare gå inn til ham?' foreslo jeg.

De andre lo. 'å gjøre hva da, knulle ham?'

Jeg svarte ikke, tanken hadde ikke akkurat slått meg, men nå som den lå i luften likte jeg hvordan den føltes. De andre må ha tenkt på det samme for det ble stille rundt bordet.

Et halvt minutt senere gikk vi inn i stuen og stilte oss foran ham alle tre.

Erik lot spillkontrollen falle ned i fanget. Glasset stod tomt ved siden av ham og en liten glans i øynene hans vitnet om at han ikke var helt edru - forståelig nok for det var fart i Toms hjemmebrent-drinker. Vi stilte oss med armene i kors og stirret ned på ham. Han stirret fra den ene til den andre.

Han protesterte ikke når jeg tok tak i bena hans og den andre i overkroppen. Sammen marsjerte vi inn på soverommet og la ham ned på sengen. Der begynte vi å kle av ham alle tre. Til slutt lå ha helt naken på lakenet og så opp på oss mens alle tre dro av våre egne klær. Vi stod alle tre kliss nakne foran ham. Helt uten at vi rørte ham seksuelt stod pikken hans i giv akt.

'Så du liker gutter.' sa Tom smilende.

'Jeg gjør kanskje det.' rødmet han.

'I så fall er dette vår gave til deg.' Sa jeg

'Du er sjefen i kveld, du kan gjør akkurat hva du vil med oss.' sa Martin.

Han ble spak, 'Jeg vet ikke..'

'Er det noe du har drømt om å gjøre?'

'Jeg har jo lyst til.. alt egentlig.' Sa han og lo litt nervøst.

'Full service altså' sa Tom og la seg ned ved siden av ham.

Vi andre fulgte etter. Vi la oss rundt ham og strøk ham over hele kroppen med hendene våre. Vi passet på å ikke røre pikken hans helt ennå. I stede byttet vi på å kysse ham, slikket armhulene hans, halsen, sugde tærne og fingrene.

Han var en nydelig gutt med kortklippet mørkt hår, en slank kropp som markerte musklene hans. Staken hans var ikke gigantisk, men stor nok, rundt atten centimeter.

Selv om vi ikke rørte pikken hans tok det ikke lang tid før han ejakulerte. Fire lange sprut som dekte magen hans. Vi slakket ikke tempoet av den grunn, delte bare på å slikke i oss den varme spermen. Vi fortalte ham at han smakte godt og at nå ville han holde litt lenger.

Jeg lente meg over pikken hans og sugde i meg et par dråper som lå igjen der. Tom begynte å slikke baken hans, først rumpeballene så videre ned i sprekken og rundt anus. Han klynket til stadighet, men det gav seg når Martin tilbød ham pikken sin. Han sugde grådig på det fem og tyve centimeter store monsteret hans og nå var det Martins tur til å stønne.

Tom og jeg gikk grundig til verks. Eriks pikk var fremdeles like stiv, den hadde ikke gjort det minste inntrykk av å slippe stivheten. Han var like kåt som alle oss andre.

Etter en stund satte Tom seg opp, han gjorde seg klar til å penetrere jomfruhullet foran seg. Toms pikk var ikke like lang som Martins, den var mer som min på rundt en og tyve. Nå smurte han den inn med glid fra hylla ved siden av senga. Jeg så på mens han først smurte inn hullet hans så sin egen pikk. Han overdrev litt med gliden, men det var sikkert en god idé.

Ved synet av Toms blikk som gled inn i det trange hullet og ved lyden av et langt ul fra gutten under meg var det like før jeg kom. Alle tre holdt ham fast til Tom fikk i gange en rytme.

Jeg tok flasken med glid å smurte inn Eriks vibrerende ungdomspikk mens jeg vekslet med å se på hvordan Martin hadde begynt å munnpule ham mens han holdt fast hodet hans og Toms pikk som forsvant inn og ut av det trange rumpehullet. Så smurte jeg inn min egen rumpe med litt glid og satte meg over ham og så ham inn i øynene mens jeg satte meg ned på ham. De slo seg vid åpne ved følelsen av å være inni meg. Jeg begynte å ri ham, mens jeg strøk ham over kroppen og innimellom nappet ham i niplene.

Pikken hans føltes god inni meg og jeg red ham godt. Samtidig kjente jeg at Tom Knullet ham godt også og så at Martin nå hadde klart å presse den enorme pikken hans så langt inn i ham at kjønnshårene kilte ham på haka. Erik selv så ut som om han skulle til å eksplodere, jeg kjente at det begynte å pulsere i hullet mitt og like etter kjente jeg en varme spre seg inni meg. Jeg smilte til ham og han forsøkte å smile tilbake.

Jeg sluttet å ri ham så fort, men fortsatte å holde ham inni meg. I stede konsentrerte jeg meg om å runke meg selv, men det tillot ikke Erik. Han tok raskt over når han oppdaget hva jeg holdt på med. Samtidig kom brølte Tom bak meg. Han kom i flere rykk og følelsen fikk Erik til nok en gang å slå øynene opp på vidt gap. Så falt pupillene hans drømmende til siden.

Jeg så opp på Martin og han var like klar som meg, vi holdt blikket til hverandre å kom samtidig. Jeg stønnet når spermen sprutet ut av meg og traff Eriks bryst og hals med store plask og Martin kjørte pikken sin dypt ned i guttens hals og illrød i ansiktet kom han dypt i flere rykk mens Erik gurglet i seg den varme væsken.

I det samme kjente jeg nok en gang Eriks pikk vibrere noen sekunder inni meg før en velkjent varme spredde seg.

Vi trakk oss alle ut på hver vår kant og stilte oss på gulvet foran ham igjen.

'Er det noe mer du vil gjøre?'

'Jeg.. Ikke akkurat nå.' svarte han matt med åpen munn.

Vi smilte til ham, samlet klærne våre og lot ham ligge igjen på sengen. Vi andre gikk ut på kjøkkenet å kledde på oss der før vi fortsatte vorspielet. Martin måtte lage flere drinker og ikke lenge etter kom Erik å satte seg sammen med oss.

På gutterommet

Vi hadde aldri møttes før, han var et par år yngre en meg, men virket på bildene veldig søt. Jeg hadde vært sprengkåt i over en uke og var klar for et skikkelig knull. Derfor gledet det meg stort når Lars parkerte bilen på utsiden av hybelen min og ringte på døren.

Vi snakket litt frem og tilbake, men til slutt fant vi tonen og samtalen gikk litt lettere. Han gikk siste året på videregående, og hadde aldri vært med en gutt før. Det ble raskt tydelig at jeg hadde mye mer erfaring en ham og jeg kan ikke si annet en at jeg var spent på jomfru-rumpen hans.

Han var kanskje ikke den kjekkeste karen jeg har møtt, han hadde briller og halvlangt hår. Han var ikke tykk men ikke direkte tynn heller, likevel var det et eller annet spesielt blondt hår, øynene hans var nysgjerrige og et eller annet ved ham fikk det til å vokse i bokseren min.

Etter en god halvtime begynte vi å krype nærmere hverandre. Jeg så ham rett inn i øynene mens jeg løsnet knappene i buksen hans og uten å bryte blikkontakten lirket jeg ham ut av sommer-buksen hans. Jeg begynte med å stryke ham på innsiden av låret, han begynte straks å skjelve - det var tydelig at han allerede nå nærmet seg et slags klimaks.

Jeg dro av ham genseren og t-skjorten etter tur. Deretter satte jeg meg bak ham med ham mellom bena mine å strøk han på innsiden av lårene med hendene mine. Pikken hans pulserte innenfor underbuksen hans. Han forsøkte å holde en hånd over pikken sin, men jeg løftet straks bort hånden hans igjen - dette gledet jeg meg til.

Jeg brukte begge hendene til å lirke av Lars bokseren å dro den nedenfor knærne hans, så begynte jeg forsiktig å klemme på ballene hans med den ene hånden, mens jeg runket ham veldig sakte med den andre. Pikken hans var ikke kjempestor, men helt nydelig - den passet ham perfekt.

Det tok ikke mer enn tyve sekunder før en varm sprut delvis traff hånden min og magen hans.

'Unnskyld, jeg mente ikke..'

'Ikke tenk på det' sa jeg beroligende og presset ut et par ekstra dråper fra den fremdeles steinharde kuken hans.

Jeg kysset ham i nakken og lot ham bli sittende mens jeg reiste meg. Jeg dro av meg alle plaggene ett og ett foran de skamfulle øynene hans til jeg stod helt naken. Det rykket litt i den halvstive pikken hans når jeg dro av underbuksen. Så satte jeg meg på kne foran ham og begynte å slikke i meg all spermen fra magen hans, han klynket når jeg slikket opp det som hadde rent ned i den lille skogen av hår rundt stammen hans.

'Er det godt?' ville jeg vite.

Han nikket bare og gjorde et lite forsøk på et smil, men jeg så at han fremdeles var veldig nervøs. Jeg smilte til ham og så puttet jeg hele pikken hans i munnen min, helt inn til roten, så begynte jeg å suge forsiktig. Dette gjorde bare at han klynket enda mer, men nå la han en hånd på hodet mitt mens jeg kjørte det frem og tilbake. Jeg brukte tungen til å massere pikken hans til en nok en gang stod stiv som en stokk foran meg.

Jeg reiste meg litt opp så leppene våre møttes - vi kysset kort før jeg reiste meg helt opp. Pikken min var nå på høyde med munnen hans og han nølte ikke. Hans første møte med en stiv pikk, skulle bli min og nå tok han den så dypt han kunne og likevel var det plass for ham til å ta grep med alle fingrene nede ved roten. Det var helt nydelig. Litt tenner til å begynne med, men han tok signalene lett å gikk straks over til å bruke tungen mer, den vrimlet rundt kukhodet mitt - jeg lente hode bakover og stønnet.

Slik holdt han på et par minutter, jeg lot ham slikke ballene mine og kjenne på hele utstyret mitt. Men nå begynte det å bli på tide.. Jeg løftet ham opp og la ham på sengen med magen ned. Vi sa ikke et ord, han visste nok hva som kom.

Jeg begynte med å sette meg mellom beina hans og dro frem pikken hans så den pekte rett mot meg, så masserte jeg lett skuldrene og arbeidet meg nedover til skinkene hans. Pikken hans var steinhard så mens jeg holdt den ene rumpeballen hans til side, runket jeg ham lett med den andre hånden, han stønnet lett ned i puta - jeg kan banne på at han bet seg fast i puta når jeg begynte å slikke rumpehullet hans. Tungen min gikk i sirkler og alle retninger, etter hvert som den ble våt og han slappet mer av kom jeg langt inn i guttefitta hans med tunga mi. Han stønnet høyt nå.

Fra hylla bak sengen fisket jeg frem flasken med glid å klarte med den ledige hånden å åpne flasken uten at han merket at noe var i gjerde. Jeg smurte inn peke og langfingeren min med oljete glid og lot dem overta hullet hans mens munnen min tok over den pulserende pikken hans. Han var blitt så kåt at hele kroppen hans stod i spenning og den lille rumpa hans hadde løftet seg nok fra madrassen for meg til å ta et ordentlig grep rundt kuken hans.

Når den tredje fingeren gled inn i hullet hans utstøtte han et lite hyl, så jeg spurte om han ville jeg skulle stoppe.

'Nei, nei - ikke stopp!' var alt han klarte å si.

Han var klar nå, jeg var mer en klar. Jeg dro fingrene ut av hullet hans og satte meg til rette. Knærne mine holdt bena hans godt fra hverandre. For å gjøre det lettere for ham brukte jeg litt mer glid både på hullet hans og den bankende kuken min. Han skalv litt og tok et godt tak med fingrene i sengetøyet når han kjente den kalde kremen bli smurt utover den sensitive jomfru-rumpa hans. Det var ikke noe å vente med, jeg styrte tuppen mot sprekken hans og dro pikken min opp og ned i sprekken til den naturlig fant sin plass, der lot jeg den ligge å hvile noen sekunder mens jeg beundret gutten foran meg som gjorde seg klar for å ta i mot for første gang.

Det gikk sakte, han var helt utrolig trang - men vi hadde god tid. Jeg kunne ikke la ham trekke seg nå, det hadde jeg ikke klart. Jeg var alt for opphisset, denne gutten gjorde meg kåt!

'Pul meg!' nesten ropte han, jeg var bare halvveis inn men lot ikke vente på meg. Uten å stille spørsmål bunnet jeg den trange rumpa og tok tak i hoftehankene hans. Han stønnet høyt, jeg stønnet høyt. Det var utrolig lenge siden jeg hadde pult noe så trangt. Musklene i rumpa hans trykket på de beste stedene, det var helt nydelig.

Han hadde overgitt seg helt til meg nå og jeg visste det. Mens jeg hold ham stramt begynte jeg å kjøre det trange hullet hans hardt. Raskere og raskere, mens jeg kjente at det begynte å bygge seg opp inni meg. Jeg tenkte at jeg ville at han skulle komme først, men før jeg hadde rekt å tenke tanken helt ut,

'Jeg kommer!' klynket han.

'Jeg også,' stønnet jeg, og det gjorde jeg. Med ni svære rykk vrengte jeg meg inni ham. Han presset kroppen sin mot senga mi.

'Jeg kjenner at du spruta inni meg!' utbrøt han.

Jeg trakk meg ut av ham. Det kom et lite «svupp» og så kunne jeg stirre ham langt opp i anus mens muskelen åpnet og stengte seg foran øynene mine. Det var fantastisk.

'Du kom du også,' sa jeg spørrende, men visste selvfølgelig svaret.

'Jeg har aldri opplevd noe lignende!' svarte han, fremdeles ned i sengetøyet.

Det rant et par dråper ut av hullet hans nå, jeg vred ham rundt så jeg kunne se ansiktet hans. Det rant en liten tåre langs kinnet hans.

'Takk' hulket han. 'Er det.. ehm.. noe jeg kan gjøre for deg?'

Jeg smilte, 'Hvis du venter en halvtime, tar jeg deg gjerne en gang til. Mens jeg ser deg i øynene kanskje?'

'Du kan ta meg med en gang, jeg er klar!'

Det stemte, gutten lå allerede med en stort stiv stake mellom beina, jeg strøk over den et par ganger og den strakk seg mot meg. Han kysset meg lett og jeg kysset tilbake. Jeg var ikke helt slapp enda selv, men jeg trengte en pust i bakken.

'Sug meg hard' foreslo jeg.

Han stirret spørrende på meg et par sekunder. Så smilte han 'Bare hvis du fingrer meg til du er klar!' sa han utfordrende å la seg godt til rette med et godt tak rundt den raskt voksende pikken min.

Gutten i nabolaget

Over tid, det gikk faktisk flere år, hadde de hilst på hverandre, utvekslet smil og sjekket hverandres kropper mens de trodde den andre ikke så. De møttes ikke så ofte, kanskje bare et par ganger i måneden, som oftest skjeldnere. En sjelden gang i blant slo de følge noen meter å utvekslet fraser om vær og vind, men det var også alt. De visste ikke engang hverandres navn.

Stian hadde akkurat fylt 25 å holdt på med forberedelsene for endelig å kunne flytte hjemmefra. I hele sitt liv hadde han bodd med familien sin i dette nabolaget, nå var det på tide å gå videre. Han var blitt tilbudt en jobb på vestlandet å gledet seg til en ny utfordring.

For anledningen var han alene hjemme, noe som passet Stian bra. Det var bare to uker igjen til han skulle dra, men det var godt å ha en hel uke for seg selv i det store huset. Dt var han selv som hadde ønsket det, resten av familien var dratt på ferie til dyreparken, men han hadde sagt at han trengte tid for seg selv.

Stian skulle handle for helgen, de fleste kompisene hans kom over for å ha avskjedsfest samme kveld. Det var tidlig på fredagen, de fleste var fremdeles på skole eller jobb. Det var kanskje den første skikkelig varme sommerdagen men vårens blomsterstøv blåste fremdeles tett i luften. Han var nettopp kommet ut fra butikken når han fikk øye på den høye, tynne, ganske søte gutten gå av bussen. Gutten vinket farvel til noen på bussen og begynte å gå i samme retning som Stian. Stian lå bare ti meter bak ham og studerte i stillhet en vakker liten rumpe spankulere stolt foran seg. Han kunne ikke stoppe seg selv fra å spekulere i hvordan det ville føltes å knulle ham hardt.

‘Hei!’

Gutten foran hadde plutselig snudd seg rundt og så rett mot Stian som automatisk hevet blikket.

‘Heisann, flott vær i dag!’ Stian regnet med at dette ble enda en av de dagligdagse samtalene de stort sett førte.

De snakket lett om alt og ingenting til de stod utenfor innkjørselen til Stian. Han fortalte at han snart skulle flytte til vestlandet, og om den nye jobben han skulle starte i.

‘Hva heter du egentlig?’ spurte han til slutt.

‘Rafael.’

‘Rafael..’ Stian smakte høyt på navnet, å rødmet når han oppdaget at han tenkte høyt. ‘Jeg heter Stian,’ sa han for å dekke over. De ristet hender for første gang. Uten å tenke over det fortsatte han; ‘Vil du bli med inn? Jeg er alene hjemme..’ la han forklarende til.

‘Hvorfor ikke.’

De gikk opp trappen, Stian låste opp døren å slapp Rafael inn.

Fem minutter senere satt de på hver sin stol i hagen. Rafael forklarte at han bodde med moren og faren sin og tre brødre. Han var 21 og singel, han gikk siste året på skolen og visste ikke stort om fremtiden. Stian slukte hvert ord. Det var et eller annet ved Rafael som tente ham. Den glatte huden i ansiktet hans, den slanke kroppen, måten å snakke på, hele gutten var perfekt. Stian festet de blågrønne øynene sine på Rafaels brune, og de smilte til hverandre.

‘Du har veldig pene øyne,’ sa Rafael brått. Han var slik, snakket alltid rett fra levra.

‘Takk’ smilte Stian tilbake. ‘Du også.’

‘Går det greit for deg om jeg suger deg?’ spurte Rafael.

Litt sjokkert så Stian seg rundt. Hadde noen hørt dem? Nei, hekken gikk rundt hele tomta og var høy nok til at ingen så inn. Så tittet han tilbake på Rafael.

'Vil du det?'

'Veldig gjerne!' Svarte han fort, så la han til 'Jeg har egentlig hatt lyst til det en god stund, hvis du ikke har noe i mot det da?'

Stian visste ikke hva han skulle si. Han hadde aldri opplevd at noen la an på ham så raskt, eller så direkte.

Rafael tok tydeligvis Stians stillhet som samtykke og før Stian visste ordet av det satt Rafael mellom bena hans med knærne på gresset, mens han smilte til ham.

Stian rakk ikke reagere før den mørke gutten som satt mellom benene hans hadde åpnet bukseknappen, dratt ned smekken og begynte å stryke pikken hans gjennom bokseren. Den ble stiv momentant og Rafael så imponert ut.

'Du har virkelig lyst på meg du?' gliste han.

'Jeg har kanskje det.' svarte Stian å nøt synet av scenen foran seg.

Rafael dro ned buksen og bokseren hans helt forbi knærne og ned til anklene, så lente han seg frem å stakk tungespissen borti ballene hans.

Stian var helt utrolig kåt, han ville bare kjøre hele pikken langt ned i halsen på gutten, men Rafael hadde visst andre planer. Han sugde forsiktig på en og en av ballene hans og brukte tungen til å føles seg rundt.

Stian stønnet, dette, hele situasjonen gjorde at han skalv, han måtte legge en hånd på hodet til Rafael, håret var helt svart, men ikke krøllete. det var pent stylet i en moderne frisyre. Nå kjente han hvordan tungen gled oppover staken hans. Den pulserende pikken hans gikk omtrent i sjokk når de mørke leppene la seg rundt hodet hans - med hånden tok Rafael grep rundt pikken og dro forsiktig opp og ned mens den andre lekte forsiktig med ballene hans.

Akkurat som tungen hadde arbeidet med ballene hans, begynte den nå å føle seg frem på kukhodet. Den varme munnen føltes fantastisk og når Rafael begynte å ta inn mer av ham måtte han stønne igjen.

Rafael sluttet et øyeblikk å suge å så opp på ham. 'Så deilig pikk du har.' smilte han.

'Takk. Fortsett!' var alt Stian klarte å si mens Rafael tok noen skikkelige runketak på ham.

Rafael nølte ikke.

Nå tok han inn så mye av Stians pikk at det ikke lenger var plass til hånden hans. I løpet av tre store støt klarte Rafael å kjøre hele Stians pikk ned i halsen så kjønnshårene hans stakk ham i nesa.

Stian klarte ikke å la være, han la den andre hånden på hodet til Rafael å dro det frem og tilbake å knullet ham hardt i munnen, mens han kvelte stønnene for at ikke naboene skulle høre noe. Rafael gurglet, og små-brekte seg litt, men ingen av dem ville stoppe nå.

Rafael hadde lagt hendene på Stians knær å lot seg velvillig bli munnpult i flere minutter. Stian kjente hvordan orgasmen bygde seg opp langt inni ham et sted. Så begynte en velkjent vibrasjon å stige fra ballene hans og uten varsel dro han Rafaels hode så tett inntil seg som overhode mulig å sprutet med et brøl en lenge oppbygd ladning langt ned i halsen til Rafael.

Den var så langt ned i halsen hans at det ikke var mulighet for søl. Etterpå sugde Rafael ham helt tom, hver minste dråpe skulle med. Stian måtte trykke albuen over øynene for å holde tilbake flere utbrudd. Hele underlivet hans vibrerte ennå.

Endelig lot Rafael pikken hans være i fred, han smattet fornøyd. 'Du smaker like godt som jeg trodde' smilte han.

Rafael får kjørt seg

Stian dro opp bokseren igjen men rakk ikke å dra opp buksa før David kom rundt hushjørnet.

David var Stians bestevenn siden barnehagen. De hadde vokst opp sammen å kjente hverandre ut og inn. De hadde flere ganger runket sammen, til og med hverandre, men aldri noe mer en det. Stian hadde helt glemt at David skulle komme tidlig for å hjelpe han med forberedelsene til kveldens fest. Nå bråstoppet han, før han sakte beveget seg mot dem. Rafael gliste stort, slik bare en som akkurat har fått seg noe han har ønsket seg lenge kan. Stian forstod at de var tatt på fersken. Han fikk på seg buksa også.

'Så.. her sitter dere å koser dere?' sa han ut i lufta.

Rafael strakk frem en hånd for å hilse. David så ned på den, litt usikker på om han ville ta i den men tok til slutt grep og ristet lett mens de uttalte hvert sitt respektive navn.

De ble sittende en stund å snakke rundt grøten. Stian satt med en skamfølelse, men David så ut til å ta det lett, han smilte til Stian som for å si at det var helt kult.

Han kom rett fra jobb og skulle som avtalt låne dusjen hos Stian før festen. Han hadde tatt med seg skift, som ennå lå i bilen. Etter en stund gikk han for å hente det og kom tilbake etter et halvt minutt å ble stående foran de to sittende guttene.

'Jeg..' sa han, men fikk ikke sagt så mye mer.

Men freidige Rafael visste råd. 'Skal vi ha trekant?'

De var alle enige om at det var en god idé. Stian hadde fremdeles lyst til å knulle Rafael som mer enn en gang hadde figurert i runkefantasiene hans. Han var litt overrasket over at David så lett hadde svart 'Ja!', men når sant skulle sies var

Stian ekstremt tiltrukket av bestekompisen også. For han var dette en drøm som gikk i oppfyllelse.

De la seg i Stians store dobbeltseng. De ble liggende uten å si et ord noen av dem i flere minutter. David og Stian strøk hverandre forsiktig på magen og så opp i taket. Rafael på sin side strøk de to andre guttene over skrittet. Stian var for lengst blitt like hard igjen.

David lente seg over Stian og kysset ham, det hadde han aldri gjort før. Han smakte litt salt og kaffe. Davids lepper var myke og kjærlige. Etterpå så de hverandre inn i øynene og David sa 'Dette har jeg hatt lyst til lenge.'

Stian bare smilte.

Rafael åpnet guttenes bukser å dro de av dem. Bokserene også. Stian så at Rafael begynte å bli skikkelig kåt nå. Det var ikke så rart. Foran ham lå to gutter kun iført t-skjorte, han hjalp Davis av med det siste plagget mens Stian tok av sin egen.

Guttene hjalp hverandre med å få av alle klærne til Rafael. Foran dem satt nå en mørkhudet kjekk gutt, med en pikk som stod rett ut, den var ikke enorm, men lang og ganske tykk. Stian lente seg frem å la leppene rundt Rafaels pikk.

Rafael stønnet umiddelbart og lot Stian holde på litt mens David kysset brystet hans og halsen. Stian sugde så dypt han kom, men det var fremdeles plass til hånden hans nederst på staken, han dro sakte opp og ned mens han sugde.

Etter et par minutter la David seg ned å puttet Stians pikk i munnen. Rafael fulgte etter og slik ble de liggende å suge hverandre i en sirkel i flere minutter, sugde og stønnet lavt til de alle kjente det begynte å rykke nedentil. De stoppet før de kom.

De la Rafael over på ryggen og spriket bena hans. Stian som allerede hadde kommet en gang stakk den stive kuken sin inn i munnen hans og Rafael sugde grådig. I mellomtiden begynte David å slikke rumpehullet hans. Rafael holdt selv bena bakover så David hadde full tilgang.

David brukte tunga som en visp i den glattbarberte rompa og holdt gutten oppe med tak i rumpeballene hans. Han spredte dem skikkelig så tunga sank så langt den kom inn i det varme hullet. Rafael nøt det og stønnet med Stians pikk mellom leppene. Hver gang han stønnet stakk Stian pikken så langt inn han kom, mens han nok en gang holdt hodet hans fast.

Stian la seg over Rafael og slikket ballene hans mens David arbeidet med hullet. Nå fuktet han fingrene i munnen å kjørte pekefingeren inn i hullet mens Stian holdt ham fast ved å holde begge de mørke ballene i munnen samtidig. De fylte deilig hele gapet hans, tydelig fulle av opparbeidet varm sperm.

Rafael kjempet seg igjennom den første lille smerten, men den varte ikke lenge. Det gikk over til å være ren nytelse ganske umiddelbart. David kjørte taktfast fingeren inn og ut av rompa hans og når den var klar gikk han over til to fingre, så tre.

Stian løftet hodet å smilte til David. De kysset igjen.

'Vil du knulle ham?' spurte David. 'Jeg har varmet ham opp for deg, han er klar nå.'

'Gjerne det, hvis ikke du vil først?' gliste Stian.

'Jeg vil gjerne ta deg i stede.' svarte han.

Davis lot Stian ta over rompa til Rafael. I stedet satte han seg slik at Rafael kunne suge ham i stedet - til Stian hadde fått i gang en rytme.

'Sug!' kommanderte han Rafael å kjørte pikken sin ned i halsen hans. Rafael sugde.

Stian satte seg på knærne bak Rafael, hullet hans så ut til å være like klart som David hadde sagt. Musklene strammet og slapp, han kunne ikke vente med å dytte pikken sin inn. Han spyttet litt på kukhodet og smurte det inn, så la han hodet mot hullet og presset sakte inn.

Pikken gled inn i en bevegelse, helt inn til roten. Rafael klynket høyt, men fortsatte raskt å suge når David kjørte pikken ned i halsen hans. David nikket til Stian.

'Kjør på!' smilte han.

Stian begynte sakte å kjøre pikken inn og ut. Han dro den sakte nesten helt ut å kjørte den helt inn å kjente hvordan musklene strammet seg som en ring rundt roten hans. Det var en fantastisk rumpe. Den varme huden på innsiden presset på akkurat de riktige stedene og Stian må ha truffet riktig også for det var så vidt Rafael klarte å suge mellom stønnene.

Etterhvert var rytmen i gang. Rafael kjente hvordan den digre kuken bunnet ham i hvert pump og Stian elsket følelsen av å knulle en trang svart rumpe.

David trakk seg ut av Rafaels hals og stønnene kunne endelig slippe fri i rommet.

'Jeg elsker pikken din!' nesten ropte Rafael. 'Knull meg, Knull meg Stian!'

Stian knullet. Han fortsatte en god rytme og holdt Rafael fast i hofta med hendene sine. Han var glad for at han allerede hadde kommet ellers hadde det vært over for lenge siden. Mens David flyttet seg bak ham, dro han Rafael rundt så han stod på alle fire uten å trekke seg ut. Nå kunne han sitte på knærne å lene seg over gutten mens David begynte å jobbe med rumpehullet hans.

David kjørte samme prosedyre på Stian som Rafael hadde fått. Han lot hodet følge Stians bevegelser mens han knullet Rafael og ble slikket dypt i hullet sitt.

'Ta meg nå.' lente han seg bak og sa til David. 'Jeg vet ikke hvor lenge jeg holder.' Stian stoppet bevegelsene og lente seg ned å kysset Rafael mens David smurte inn pikken sin med spytt å presset seg inn i ham.

Det var instant nytelse, gjorde ikke vondt i det hele tatt. Davids pikk var stiv som en stokk. Den var større en Stians, det visste han fra tidligere og han hadde drømt om dette øyeblikket i mange år. At hans egen pikk stod like stiv inn i hullet på en sexy mørk rumpe gjorde det hele nesten uutholdelig. Nå beveget Stian seg sakte, det var en helt utrolig følelse å være midtpunktet i en trekant, helt annerledes en han hadde forestilt seg, bedre faktisk.

Det tok litt tid, men til slutt fant de en rytme som passet alle tre.

Han knullet Rafael som stønnet og stirret han inn i øynene mens David knullet ham i samme rytme å holdt den nakne slanke kroppen hans fast og kysset ham i nakken.

De stønnet unisont.

'Jeg kommer snart!' utbrøt Rafael.

'Jeg kommer snart jeg også.' hveste David.

'Jeg kommer nå!' skrek Stian og i det samme ble det for mye, han sprutet for andre gang i dag, denne gangen langt inn i hullet til Rafael. Det rykket sikkert ti ganger i hele stellet hans og han brølte ut i det høyeste stønnet noen gang.

Sammentrekningene i Stians rumpe fikk det til å renne over for David også, han fylte bestekompisens hull med en ekstremladning og en orgasme som gav ham vann i øynene. Han presset Stians rumpe inntil seg og holdt ham fast til siste dråpe var presset ut av ham. David trakk seg raskt ut og satte seg til rette så han fikk spruten til Rafael i ansikter og så kunne suge ham tom.

Stian knullet fremdeles Rafaels rumpehull, men saktere nå. Lot gutten nyte.

Davis rakk akkurat å legge seg til rette og legge leppene rundt den svarte kuken før den eksploderte. Rafael sprutet først inn i Davids munn, men David klarte ikke å svelge alt så det meste landet på ansiktet hans. Han skrek han også, akkurat som Stian hadde gjort. Nå kjente Stian hvordan ytterlige to dråper ble presset ut av ham i det Rafaels rumpehull trakk seg sammen å strammet rundt det som var igjen av den stive pikken hans.

Alle tre rullet utslitt over i sengen. Stian lente seg over David å slikket ham ren for Rafaels sperm. Så kysset de igjen.

'Dere to burde jo vært kjærester.' flirte Rafael.

'Kanskje det.' smilte David lurt å kysset Stian igjen.

Denne gangen brukte de tungen.

Haikeren

Det regnet hardt. Spruten stod opp fra asfalten og jeg var allerede gjennomvåt. Det på tross av at jeg hadde søkt tilflukt i et gammelt busskur som av merkelige grunner stod plassert så langt fra folk man kunne komme. Dessverre hjalp det lite når regnet stod sidelengs og vinden truet med å gi meg hypotermi uten at jeg la merke til det selv. Hendene mine var allerede blitt numne og jeg slet med å holde lenge på de samme tankene.

Alt som lå rundt meg var mørk granskog, ikke et menneske å se, ikke et lys. Jeg bannet høyt og kjeftet på meg selv for å finne på noe så dumt. Hvem er det som finner på å haike hele veien opp fra Oslo til Finnmark og så ned igjen gjennom Finland? Jeg. Dumme meg, som absolutt skulle ut å reise etter fullført videregående.

Når jeg tenkte tilbake på turen så kunne jeg ikke bare klage heller. Jeg hadde møtt en hel rekke fantastiske mennesker. En bonde i Trøndelag gav meg kost og losji en hel uke mens jeg malte gjerdet hans. En gammel butikkeier i Nordland betalte meg under bordet for å sette på plass varer i butikken hans og i Finnmark hadde jeg fått jobbe som kassebærer på et fiskemottak i en hel måned. Jeg hadde fått mange nye venner og en hel rekke invitasjoner om å komme tilbake. Alt jeg hadde med meg var en liten ryggsekk med det absolutt mest nødvendige, men nå holdt jeg den over hode oppunder taket for å passe på at jeg hadde tørt skift når regnet endelig gav seg. Det så ut til å kunne bli en stund.

Plutselig skimtet jeg lysglimt langt borti veien. Det var en bil, det måtte være en bil. Og den måtte stoppe - jeg stakk ut armen og holdt opp en iskald tommel. Det var ikke noe poeng i å gjøre meg ekstra stakkarslig der jeg stod.

Bilen rullet inn og stoppet rett foran meg. En dame lente seg over å rullet ned vinduet. Bråket fra regnet gjorde at jeg ikke hørte en dritt av hva hun forsøkte å si. Ikke at det hadde gjort noen forskjell fra eller til for jeg forstod ikke det pøkk finsk.

På et eller annet vis klarte jeg å få frem at jeg gjerne ville sitte på inn til sivilisasjonen. Jeg hadde ikke ekstremt mye penger, men hadde spart opp nok til hotell eller lignende i krisetilfeller som dette.

Damen gav til slutt opp å prøve å forstå engelsken min over tordenen av regndråper mot biltaket. Det viste seg at damen ikke var stød på engelsk i det hele tatt, men vi fikk gestikulert frem at det var mye regn og jeg trengte å komme meg innendørs før jeg frøs ihjel. Jeg gav blanke i hvor hun kjørte meg, alt var bedre enn det slitte busskuret, og det skjønte damen også.

Hun lente seg fremover i setet og konsentrerte seg om å se veien foran seg. Jeg tok det hekt med ro, lente meg godt tilbake i setet og nøt varmen som strømmet mot meg, jeg begynte såvidt å kjenne fingertuppene mine igjen.

Jeg må ha duppet av litt, for jeg bråvåknet når bilen stoppet. Jeg trodde først at det var blitt dag, men forstod raskt at det bare var taklyset i en garasje.

'Kom,' sa hun bare og gikk ut av bilen.

Jeg fulgte etter henne inn i huset.

Når vi kom inn gangen ropte hun et eller annet ned kjellertrappen og noen der nede svarte. Ut fra stemmen gjettet jeg på at det måtte være sønnen hennes.

Ikke lenge etter stod han der. Han var søt, sikkert på min egen alder, 18-20 kanskje. Håret hans var blondt i motsetning til moren hans som hadde mørkt langt hår. Et gammelt forsøk på utvokste dreads sa meg at han sannsynligvis var en gamer eller lignende. På overkroppen hadde han en singlet som tydeliggjorde alle musklene hans, jeg gjettet op at han trente regelmessig. Han hadde store lysende øyner og nå stirret de rett på meg, han smilte.

Jeg smilte tilbake.

Moren hans sa et eller annet jeg ikke forstod igjen, og så smilte han bare enda mer.

'Moren min snakker hverken svensk eller engelsk.' sa han på finsk-svensk. 'Hun har visst bestemt at du skal sove her i natt.' Fortsatte han. 'Hun skal tidlig på jobb i morgen, så hun må legge seg nå men du kan være her til været blir bedre, hvis du vil?'

Jeg takket ja, og ristet hender med den smilende damen som hadde plukket meg opp. Hun presenterte seg som Reike, jeg gjettet på at det var finsk for Rikke eller noe i den duren. Jeg sa mitt eget navn.

'Jonathan, fra Oslo'.

Hun smilte igjen og snakket på finsk igjen, henvendt til sønnen.

'Hun sier du virker som en hyggelig fyr, du skal bare føle deg som hjemme. Hvis du er sulten er det mat i kjøleskapet. Jeg heter Nico forresten.' Han holdt også frem hånden sin.

Moren sa god natt og Nico viste vei ned i kjelleren. 'Du kan sove på sofaen min hvis du vil, det er et bad der inne hvis du har lyst til å få av deg de våte klærne.' Han pekte på den lille dammen som begynte å samle seg rundt føttene mine.

Det var ikke noe å vente med. Jeg skyndte meg inn på badet å fikk av meg yttertøyet, genseren og buksa, jeg skulle til å dra av meg underbuksa også men da gikk døren opp og Nico stakk hodet inn. Han smilte bredt, han la ikke en gang skjul på at han sjekket ut kroppen min, øynene hans fulgte kroppen min fra føttene, stanset et øyeblikk ved midtlinjen før han smilende møtte øynene mine igjen. .

'Jeg tok med et håndkle til deg, i tilfelle du vil ta deg en dusj?' gliste han.

Jeg er ikke sjenert og tok i mot håndkle han holdt frem for meg uten å dekke meg til.

Mens det varme vannet rant nedover kroppen min fikk jeg stå. Uansett hvor jeg forsøkte å vri tankene mine kom jeg alltid tilbake til Nicos stramme overkropp, de flotte overarmene hans og ikke minst den flotte bulken i joggebuksen hans. Jeg har alltid syntes at joggebukser er sexy, ikke gå-ut-på-byen-sexy, mer jeg-får-masse-skitne-fantasier-sexy.

Jeg skyndte meg å gjøre meg ferdig. Spent på hvordan dette skulle utvikle seg.

Når jeg kom ut fra badet, hadde Nico hentet mat til oss.

'Jeg regner med du er sulten?'

'Noe så sinnsykt, jeg har ikke spist siden frokost!'

'Bare spis' sa han og henviste meg til sofaen. Han satte seg ned ved siden av meg.

Vi pratet med mat i munnen begge to, det føltes som å møte en gammel venn og nå satt vi å oppdaterte hverandre på hva som hadde skjedd siden sist. Jeg forstod fort at han var en snill fyr. En godhjertet kar med masse følelser, men likevel hard og tøff. En ordentlig bygdegutt.

Han forklarte at nærmeste tettsted bare holdt rundt to hundre innbyggere. De fleste av dem var eldre siden de unge trakk til byene for å studere og kom sjeldent tilbake igjen. Og når de kom tilbake var de stort sett godt voksne. Selv hadde han bestemt seg for å bli, hvert fall et par år til, det var ikke bare lett å få seg jobb heller.

Mens han snakket studerte jeg leppene hans, så på hvordan de beveget seg, det svensk-finske språket han brukte var egentlig ganske morsomt å høre på. Uten at jeg tenkte over det lå plutselig hånden min på låret hans.

Det var ikke han som ble forskrekket, men meg. Jeg hadde ikke tenkt over det en gang bare lagt hånden min på låret mens han snakket, nå hadde han stoppet og så på meg med det etter hvert velkjente smilet sitt. Jeg tok meg i det å smilte tilbake.

'Du er søt.' sa han

'Du også.' sa jeg fort og følte meg brått litt dum.

Mer ble ikke sagt før han lente seg over å kysset meg.

Først lett på leppene, så begynte tungene våre å leke og det ble intenst, han tok bare leppene sine vekk fra mine et øyeblikk mens han vrengte av seg singleten sin. Hendene mine begynte straks å kjenne på magen hans. Det føltes nesten som de levde sitt eget liv, jeg kjente at jeg kom til å miste kontrollen - det var akkurat det jeg ville.

Han la meg ned på ryggen i sofaen og fjernet håndkleet jeg hadde rundt livet. Jeg hadde tatt på meg den siste rene bokseren min, men nå forsvant den nedover bena mine før jeg rakk å reagere. Han tok grep rundt pikken min og snek seg til en titt. Han så smilende opp igjen.

'Så fin du er'.

Jeg svarte ikke, begynte bare å dra av ham joggebuksa. Bokseren ble med på turen og et øyeblikk senere var vi begge kliss nakne.

Slik lå vi i flere minutter å bare kjente på kroppene til hverandre. Han var om mulig mer sexy enn jeg hadde sett for meg. Pikken hans var lang, ikke spesielt tykk. Omtrent som min, men han var mye lengre. Jeg var ufattelig kåt.

'Du gjør meg så jævla kåt.' hvisket han.

Han begynte å kysse halsen min, slikke og suge på kinnbenet mitt. Det føltes fantastisk. Men så, etter et kjapt kyss på leppene mine, begynner han å arbeide seg nedover. Han biter løst i niplene og jeg klarer ikke la være å stønne litt. Jeg er litt kilen så jeg vred meg litt når tungen jobbet seg rundt på magen min.

Han tok seg god tid, lot meg nyte oppdagelsesreisen hans. Jeg hadde vært på reise en stund så det var ikke akkurat nybarbert nedentil, men det så ikke ut til å plage ham når han brukte tungen rundt roten av den steinharde pikken min. Han nappet litt i ballene mine, og like etter kjente jeg varmen fra munnen hans omslutte hele kuken min. Han tok hele på en gang, sugde meg hardt. Jeg vrir meg og må bite meg fast i en av sofaputene for å ikke slippe ut et lite brøl.

Han var fantastisk god, ingen har noen gang sug meg på den måten han gjorde.

Slik fortsetter han en god stund, men så dytter han plutselig bena mine bakover og begynner å slikke meg i rumpesprekken, hele veien - fra nord til sør og tilbake igjen. Når han passerer hullet mitt for tredje gang går tungen hans som en virvelvind å presser seg inn i det trange hullet mitt. Alt jeg klarer å tenke på er hvor nydelig det føles.

'Ja, bare fortsett.' presser jeg frem mellom et par klynk.

Han gjør det, fortsetter å leke med tungen. Etter hvert kommer det en finger til også. Han bruker bare den helt ytterste delen av fingeren.

'Du er trang.' sier han hviskende. 'Jeg vil knulle rompa di.'

Jeg svarer bare ved å nikke.

Han setter seg litt opp og finner frem en flaske med fuktighetskrem, ikke akkurat glid, men det får funke. Han smører inn hullet mitt og kjører forsiktig en finger ut og inn et par ganger.

'Åhh, du er så sinnsykt trang' sier han mens han studerer hullet mitt. Jeg kan se hvor kåt han er.

Før han smører inn den lange pikken sin lar han meg suge på den et par minutter. Den smaker fantastisk.

Så setter han seg til rette og verden stopper rundt oss et øyeblikk, når han presser mot hullet mitt og sakte begynner å gli inn. Det gjør litt vondt, men galskapen i meg vil bare at han fortsetter. Jeg vil at han skal være sjefen, bruke meg som han vil.

Halvveis inn tar han et lite øyeblikks pause for å la hullet mitt venne seg til det som skjer. Han bruker tiden på et lite kyss og så er vi klare igjen. Han jokker et par ganger der han står og det hjelper, musklene jeg ikke har noen kontroll over lenger slipper litt taket og før jeg vet ordet av det kjenner jeg pikkhodet hans mot en bunn jeg ikke visste jeg hadde inni meg.

'Sånn ja.' sier han, tydeligvis klar for å kjøre i gang på ordentlig.

Men ikke før han runker meg fort en god stund. Følelsen av pikken hans som hviler inni meg mens han runker meg på denne måten får ting til å gå fort.

'Forsiktig.' sier jeg stille, men han forstår.

I stede begynner han for alvor å kjøre en beinhard stake inn i meg. Han starter sakte, men øker fort tempoet til jeg ligger med åpen munn å bare tar i mot den deilige pikken hans. Jeg prøver litt tafatt å holde hofta hans litt tilbake i hvert støt, men det er nytteløst. Han er altfor sterk og dessuten vil jeg ikke at han skal stoppe. Jeg merker hvordan orgasmen begynner å bygge seg opp hos Nico. Jeg for min del vet ikke hvor jeg ligger i landskapet lenger.

Før jeg vet ordet av det kommer jeg, og det noe så vanvittig. Den første strålen treffer meg under haken. Nico ser og kjenner at jeg kommer å tar tak og runker resten av saften ut av meg.

Han fortsetter å knulle meg like kraftig. Tar meg hardt mens jeg fremdeles vibrerer i hele meg. Nico fortsetter å runke meg til han også kommer. Han stønner høyt og kjører pikken så langt inn han kommer før han faller sammen over meg å kysser meg ømt.

'Du er nydelig' sier han stille inn i øret mitt. 'Skal vi ta en dusj sammen?'

‘Gjerne det, bare ikke trekk deg ut enda, det er så digg å kjenne deg inni meg.’

‘Etter at vi har dusjet, har du lyst til å knulle meg også?’

Hjemme hos Håkon

Han jobbet på en kaffe-butikk i sentrum. I tillegg til vanlig kafèdrift drev de med en del salg av kaffe som folk kvernet opp selv hjemme. Jeg var ofte innom selv for å kjøpe ukens rasjon. De hadde masse forskjellige smaker fra hele verden og byttet stadig ut utvalget, som en ivrig kaffedrikker passet det meg perfekt. Like perfekt var det at han, Håkon, var den som jobbet i dagtid i kaffebutikken. Vi pleide å snakke kort over disken hvis det var tid, det var det ikke i dag - det stod allerede fem folk i køen foran meg. Det gjorde egentlig ingenting, jeg hadde ikke dårlig tid. Dessuten gav det meg tid til å nyte synet. Jeg hadde lært over flere samtaler at han het Håkon, var nitten år - altså tre år yngre en meg, kunststudent, høy, stjerner i øynene og ikke minst var ufattelig søt. Han hadde et slikt utseende det skal mye til for å glemme. Håret hans var mørkt og ikke alt for kort. Tennene var kritthvite og huden hans hørte helt tydelig til alderen hans. Det var ikke til å legge under en stol at jeg hadde lyst på den stramme lille rompa som jeg så hver gang han snudde seg for å fylle opp den lille papirposen med kaffe fra Etiopia. Jeg trengte ikke spørre en gang, han visste hva jeg skulle ha.

Dette var en dag tidlig på sommeren. Det var så sinnsykt varmt at jeg helst bare ville sette meg på stampuben å drikke øl under en parasoll til solen gikk ned. Det hadde jeg tenkt å gjøre også, jeg hadde allerede gjort en avtale med noen venner. Jeg skulle bare kjøpe kaffe først.

Som alltid lyste han opp når han så meg, det fikk meg alltid til å smile.

'Der er du!' utbrøt han.

Det var uvanlig, det var stort sett jeg som snakket først. Han var vanligvis litt småsjenert, men jeg hadde lagt merke til at det var litt humørbestemt. Nå dro frem en kaffe pose han allerede hadde gjort klar.

'Vi fikk inn denne tidligere i dag.' fortsatte han entusiastisk. 'Det er en mild, lidd krydret sak fra Costa Rica!'

'Hvis du sier det så,' sa jeg og smilte. Han virket så overbevisende at jeg ikke fikk lyst til å si nei.

'Og når du har smakt på den, kan du kanskje ringe å fortelle meg hva du syns? Jeg har allerede skrevet nummeret på pakken.' Han pekte på en rekke tall påført med tusj.

'Ålreit, det høres ut som en plan.' sa jeg å tok opp lommeboken for å betale. Men han bare viftet med hånden.

'Det er en gave, som takk for at du.. smaker.' smilte han og så blunket han.

Jeg skvatt nesten, noe sa meg straks at det lå noe mer det blunket. Jeg håpet bare at instinktet mitt hadde rett.

Etter fem halvlitere var jeg på en god snurr. Klokken hadde slått ni allerede og jeg hadde hatt det hyggelig med kompiser. Nå hadde solen gått ned så det ble straks litt kjøligere. En av kompisene mine hadde akkurat bestilt drinker til oss, så jeg antok at de kunne komme til å bli en ganske sen kveld, men jeg fikk en idé. Jeg tastet inn nummeret fra papirposen på telefonen, unnskyldte meg et øyeblikk og gikk litt til siden så de ikke kunne høre meg. Det ringte fire ganger.

'Håkon.' Han var kanskje travel?

'Hei, det er Jørgen her.' startet jeg.

Stemmeleiet skiftet fort 'Heisann, har du smakt på kaffen allerede?'

'Nei,' innrømmet jeg. 'Jeg tenkte kanskje vi kunne prøve den sammen?'

'Veldig gjerne!' Jeg kunne høre smilet hans gjennom telefonen. 'Men..' Han pauset litt.

'Er det noe problem?' lurte jeg.

'Nei selvfølgelig ikke, men jeg jobber til elleve.'

Jeg sendte de to kompisene mine et blikk. Drinkene hadde kommet på bordet og Lasse hadde tydeligvis fortalt en morsom vits av et eller annet slag for Martin holdt på å falle av stolen. Jeg kunne skimte tre shots der også.

'Kan vi møtes hjemme hos deg?' spurte jeg.

'Ja, foreldrene mine er bortreist denne uken så jeg har hele huset for meg selv.'

'Tekst meg adressen din, så tar jeg en drosje i tolvtiden, høres det bra ut?

'Helt perfekt!'

'Da sees vi,' sa jeg.

Vi la på i hver vår ende å jeg ble stående i noen sekunder å se på skjermen min. tekstmeldingen tikket inn. Nedi buksen min kjente jeg det bet begynte å bevege seg, men før driftene mine tok helt overhånd la jeg mobilen i lommen og gikk tilbake til de andre.

Etter en stund sluttet jeg å telle alkoholenheter og var langt fra edru når jeg satte meg i drosjen å gav sjåføren adressen. Klokken var allerede blitt kvart over tolv, tiden hadde løpt litt fra meg men jeg regnet med at det kom til å gå greit.

Etter fem minutter svingte bilen inn på en gårdsplass og sjåføren mente vi var fremme. Et hode i andre etasje sa meg at han hadde rett, så jeg betalte og kom meg ut.

Håkon åpnet døren før jeg rakk å ringe på. 'Velkommen!' gliste han.

Han viste vei inn i gangen. Gutterommet hans lå i første dør til høyre og det var retningen vi tok. Det var et ganske stort værelse og ikke overmøblert på noen måte. En svær seng var det første jeg merket meg. Ved siden av stod et lite kafébord med tilpassede stoler.

'I alle dager, har du egen espressomaskin også?'

På en kommode stod en knall rød kaffemaskin, av den typen man vanligvis fant på travle kaféer. 'Det må jeg si, dette er et skikkelig kraftverk.' jeg undersøkte maskinen nærmere.

'Skal vi prøve den nye kaffen?' spurte han.

Jeg snudde meg rundt 'Gjerne det! Men det er ikke bare derfor jeg kom.' sa jeg med et skeivt smil.

'Jeg vet det,' sa han fort på utpust. Han så et øyeblikk litt nervøs ut, og så tok han seg sammen. 'Kaffe ja.'

Han stoppet meg fra å ta opp posen med kaffe fra den lille sekken min. 'Spar den til senere, jeg har tatt med en pose selv også.'

Håkon begynte å styre med maskinen. Jeg satte meg på sengekanten å studerte ham. Han var tynn og hadde ikke spesielt mye muskler, men var likevel en sexy ung mann. Det våte håret i nakken avslørte at han hadde rukket å dusje før jeg kom. Nå stod han med ryggen mot meg slik han pleide å gjøre mens han fylte kaffe i kaféen og jeg tok meg i å slikke meg rundt munnen mens jeg stirret på den ungdommelige sprettrumpa. Siden jeg var litt påseilet hadde jeg lagt fra meg hemningene på puben. Derfor gikk jeg nå rett bort til ham og la hendene på hoftene hans og presset forsiktig skrittet mitt mot ham. Han gispet litt overrasket og kroppen hans stivnet. Jeg kysset ham forsiktig i nakken og han trakk pusten dypt i ett drag. Rolig lot jeg hendene bevege seg fremover mot innsiden av lårene hans, det førte til at han stivnet enda mer til. Hendene mine nådde pikken hans, den var stiv som en påle og stod rett opp i buksen hans. Min egen presset mot rumpesprekken hans og bildene i hodet mitt ble mildt sagt grove.

'Har du hatt sex med en gutt før?' hvisket jeg spørrende i øret hans.

'Jeg..' han nølte litt.

'Du har aldri hatt sex før.' svarte jeg for ham.

Håkon ristet på hodet.

'Hva sier du om at vi venter litt med den kaffen?' spurte jeg.

Samtidig begynte jeg å kneppe opp buksen hans. Tanken på en jomfru-rumpe tok kåtheten min til et helt nytt nivå.

'Ok' klynket han stille å lente hodet litt bakover og til siden når jeg begynte å kysse ham i nakken igjen. Jeg merket at han var nervøs. Men det trengte han ikke være, jeg skulle gjøre dette til en fantastisk opplevelse for ham. En han aldri kom til å glemme.

Jeg lot buksen hans falle, men lot ham beholde bokseren på litt til, jeg ville se han pines, gjøre ham så kåt at han ba meg om å få komme. Hånden min strøk og masserte ungpikken hans. Steinhard målte den et stykke kortere en min egen som nå pulserte mot rumpehullet hans gjennom buksen min, men jeg holdt meg i skinnet. Det stoppet meg ikke fra å kjenne på ballene hans og samtidig trekke to fingre langs sprekken hans. Han stønnet.

Jeg hadde lyst til å se ansiktet hans og vred ham rundt. Munnen hans var halvveis åpen og leppene hans krummet seg svakt. Det var ikke tegn til noe skjeggvekst å snakke om, bare noen dun ytterst på haken, jeg begynte å kneppe opp den blå skjorten hans sakte.

'Du har kanskje ikke kysset noen før heller da?' sa jeg og smilte betryggende.

Han ristet på hodet. Fremdeles litt usikker på hva han skulle gjøre og uten noen flere varsler la jeg leppene mine mot hans. De var stive, men myknet før jeg nådde den siste knappen hans. Jeg la armen min rundt ham og holdt ham tett inntil meg å kysset ham lenge, skikkelig og han tok det fort. Det var han som introduserte tungen sin og det tok jeg som et godt tegn.

Han begynte å åpne buksen min også nå, begynte vel å bli litt varmere i trøya. Jeg vrengte av ham skjorten og lot ham bruke den tiden han trengte på å kle meg ned til bokseren. Til slutt stod vi begge to slik midt på gulvet. Jeg fikk lyst til å la ham leke litt med kroppen min, derfor løftet jeg armen min opp og la hendene bak hodet.

Han stilte ikke spørsmål, begynte bare å slikke overkroppen min. Av og til kikket han opp på meg å smilte det velkjente smilet sitt fra øre til øre. Han stakk tungen inn i navelen min og holdt hendene på hver sin rumpeball mens han slikket pikken min gjennom bokseren. Han holdt på i flere minutter men til slutt så han bedende opp på meg. Jeg trengte ikke si noe, et lite nikk holdt og han dro av meg bokseren, han lot den falle til gulvet.

Tydelig fascinert av hva som nå stod foran ham satte han seg ned på knærne. Jeg hadde ved en tilfeldighet barbert meg samme morgen og det tror jeg overrasket ham litt, men han så ut til å like det han så. Han tok et godt grep rundt den tykke pikken min og stakk forsiktig tungespissen mot kukhodet mitt.

Den må ha vært mer følsom en vanlig for jeg måtte slippe ut et lite stønn. Det fikk ham til å skvette litt. 'Er det godt?' spurte han bekymret.

'Helt fantastisk, bare fortsett!' oppfordret jeg.

Han smilte og gikk tilbake til den store oppgaven foran seg. Forsiktig la han leppene rundt hodet og lekte rundt med tungen, varmen fra munnen hans fikk meg til å stønne igjen. Nå begynte han forsiktig å dra frem og tilbake samtidig som han sugde litt hardere. Jeg måtte virkelig anstrenge meg for ikke å kjøre pikken lenger inn i munnen hans, men dette var hans show - for nå.

Jeg trengte uansett ikke vente så lenge før han sluttet runkingen og heller konsentrerte seg om å suge meg. Han presset meg inn til jeg traff veggen i halsen hans og han brakk seg såvidt, men det stoppet ham ikke. Med et godt tak med hånden rundt roten førte han pikken min ut og inn mellom leppene sine. Jeg så opp i taket og nøt behandlingen.

Han ble ivrig og jeg måtte dra ham opp til meg igjen, hvis ikke hadde jeg ikke klart å holde meg mye lenger.

For å kjøle meg litt ned kysset jeg de sugerøde leppene hans mykt og fikk smaken av meg selv på tungen. Så la jeg hendene hans på hodet hans akkurat slik jeg hadde holdt dem og markerte at jeg hadde tenkt å gjengjelde servicen.

Han var litt kilen, noe som bare gjorde meg mer innstilt på å suge ham godt. Jeg slikket hele overkroppen hans og kilte ham litt med tungen under armene. Jeg dro av ham bokseren og brettet leppene mine rundt pikken hans. Han bøyde seg fremover og stønnet høy når jeg begynte å suge. I motsetning til ham hadde jeg litt mer erfaring og fikk uten større problemer leppene helt ned til roten av det pulserende lemmet hans.

Munnen min beveget seg frem og tilbake mens hendene mine følte seg frem over rompa hans. Med pekefingeren lette jeg meg frem til hullet hans, men ventet med å penetrere ham. I stedet førte jeg ham bort til sengen så han kunne sitte på kanten, hele operasjonen mens jeg like intensivt fortsatte å suge den nydelige pikken.

Hele kroppen hans begynte å stivne igjen så jeg antok at han nærmet seg et klimaks. Så jeg avsluttet sugingen. Slikket meg i stede opp igjen til leppene hans.

'Likte du det?' Spurte jeg.

Han var så kåt nå at han såvidt klarte å svare meg. 'Mmm.'

Vil du kjenne noe annet som er godt?'

'Ja.' Klynket han.

Jeg slikket meg nedover kroppen hans igjen, men rundet forbi pikken hans og masserte heller ballene hans med tungen min. Han stønnet og klynket om hverandre. Med den en hånden dyttet jeg ham bestemt ned på ryggen. Nå i liggende stilling holdt jeg begge de spinkle bena hans bakover og slikket meg over skrukken.

Han var så kåt at han la den ene hånden på pikken sin og tok et godt grep på seg selv for ikke å komme. Men jeg fjernet hånden hans, hvis han kom ville jeg heller se ham sprute en at det ble skjult av armen hans. Han gjorde som han fikk beskjed om og holdt hendene unna fatet. Men han kom ikke, stønnet bare enda mer.

Jeg beordret ham rundt på alle fire og presset hodet ham ned igjen mot madrassen. Den trange rosa guttefitta hans lyste mot meg. Han klynket når jeg la tungen min mot hullet hans som for øyeblikket virket ugjennomtrengelig. Her måtte det mye arbeid til for at han skulle la musklene slappe av. Jeg ble gal av å tenke på at jeg snart skulle inn der med pikken min.

Etter flere minutter med tungemassasje fikk jeg presset inn det ytterste av pekefingeren min, fy faen hvor trang denne gutten var. Jeg smurte inn hele fingeren med spytt og kjørte hele fingeren inn i ham.

'Åååh!' ulte han, men endelig slapp musklene litt taket og mens jeg holdt fingeren helt rolig kjenne hvordan han strammet og slapp taket på fingeren min flere ganger mens han pustet tungt.

Så begynte jeg å bevege den sakte ut og inn, mens jeg innimellom lekte rundt på innsiden. Dette var lett den trangeste rompa jeg noen gang hadde satt mine fingre i.

Uten å ta ut pekefingeren min lot jeg ham legge seg ned på ryggen igjen. Samtidig la jeg meg ned ved siden av ham i en stilling som gav han muligheten til å suge meg. Jeg trengte ikke spørre. Han gapte over meg, tydelig fornøyd med å ha noe å gjøre.

Jeg fortsatte å klargjøre hullet hans i flere minutter, helt til jeg endelig klarte å presse inn en finger til. Ved følelsen av finger nummer to stoppet han å suge et øyeblikk og klynket lavt, men fortsatte med arbeidet etter noen få sekunder.

Med to fingre inne og etterhvert litt bedre smøring fikk jeg mye større frihet til å leke rundt på innsiden. Det var tydeligvis noe han likt for nå var det så vidt han klarte å suge pikken min mellom hver gang han stoppet opp for å kjenne etter hva et var jeg holdt på med.

Rompa hans var klar. Pikken min var klar, nok en gang var det godt jeg hadde drukket litt, ellers hadde jeg sikkert kommet for lenge siden, for var det noe denne gutten kunne så var det å suge. Jeg klappet ham lett på den ene rumpeballen hans og trakk fingrene mine ut av ham med et lite svupp.

Han så opp på meg med kulerunde øyner når jeg reiste meg å stilte meg på gulvet. Der dro jeg ham mot meg etter lårene og la bena hans over skuldrene mine. Den stakkars gutten visste ikke hvor han skulle gjøre av hendene sine så han la dem like godt rett ut.

Sengen hans var perfekt, akkurat høy nok til at pikken min som stod rett ut pekte rett mot hullet som nå hadde snerpet seg sammen igjen.

Jeg spyttet i hånden min og smurte inn hullet hans godt med klissete spytt. Så holdt jeg frem hånden og plasserte den foran munne hans.

'Spytt!' kommanderte jeg.

Han gjorde som han fikk beskjed om. Så smurte jeg inn hele pikken min før jeg plasserte tuppen mot hullet.

'Forsiktig..' sa han klynkende.

Jeg smilte, 'Ingen fare, jeg skal være forsiktig.' Han smilte forsiktig tilbake, usikker. 'Bare slapp av. Det kan hende det gjør litt vondt til å begynne med, men det går fort over. Ok?'

Han nikket flere ganger.

Jeg presset mot, han strammet til.

For å få ham til å slappe av litt begynte jeg å runke ham forsiktig, mens jeg fortsatte å presse mot. Etter å ha strøket ham kjærlig over magen et par ganger slapp han meg endelig inn og hodet forsvant inn i kanalen hans.

Øynene hans slo opp enda mer og jeg stønnet.

'Går det bra?' spurte jeg

Ansiktet hans forandret seg helt, plutselig virket han nesten grådig. Som en sulten tiger.

'Pul meg!'

Det var en ordre jeg hadde alle intensjoner om å følge, og uten mer om og men kjørte jeg pikken min så langt inn den kom. Han stønnet høyt.

'Sånn ja,' sa jeg. 'Du er så jævla trang!'

Forsiktig trakk jeg meg nesten helt ut og kjørte den inn på nytt, nå gikk det fint. Jeg tok tak i leggene hans og holdt dem ut til hver side å presset dem bakover mens jeg begynte å bygge opp en rytme.

Det var helt fantastisk. Veggene inni ham presset mot den svulmende pikken min fra alle sider. Jeg sparte ikke på kruttet nå, knullet ham hardt og lot ham selv holde bena sine mens jeg tok tak i hofta hans og presset ham mot meg hver gang jeg presset inn.

Jeg så at han virkelig syntes det var fantastisk, det gjorde meg bare enda kåtere.

Slik holdt vi på i flere minutter, men så kunne jeg se at han brygget på noe stort. Han så nesten fortvilt ut, men jeg holdt på å komme selv.

'Kommer du?' spurte jeg og økte farten.

Han nikket fort og skulle til å ta tak i pikken sin igjen, men jeg holdt den vekk.

'Si fra når du kommer!' sa jeg mens jeg pustet tungt og svimlet.

'Nå!' ropte han og jeg kunne se hvordan orgasmen bølget gjennom ham og i den siste bølgedalen før han sprutet løs, kom det over meg også. Jeg kjørte pikken min til bunns i gutten å lot spermen sprutet ut av meg i et gigantisk rykk - samtidig som det trange hullet strammet seg rundt pikken min og den første ladningen hans skjøt ut av ham å landet i den åpne munnen hans.

For hver av de neste seks sprutene hans strammet rompa hans seg å presset ut av meg alt jeg hadde av varm deilig sperm.

Utover hele magen hans lå lange striper med hvit væske. Det så ut som et fyrverkeri hadde gått av. Jeg samlet noe av det i hånden min å helte det i munnen hans. Han svelget det med et smil før han slo hodet bakover å stirret rett opp i taket.

'Endelig. Endelig har jeg gjort det.' sa han til seg selv og bet seg i leppen.

Joggeturen

Det var fremdeles tidlig på dagen, jeg hadde marka stort sett for meg selv. De eneste jeg hadde møtt var et eldre ektepar som var ute å luftet hunden sin, men de hadde holdt seg i utkanten av skogen. Her jeg jogget nå var trærne høye og ruvende og det var lite av solen som trengte gjennom og ned til bakken.

Et sikkert vårtegn er hvitveis og nå dekket de skogbunnen så langt øye kunne se. Fuglene kvitret og for et kvarters tid siden hadde jeg sett en rødrev krysse stien foran meg. Det var deilig luft og passe varmt. Om et par timer kom nok temperaturen til å stige litt, men fremdeles gikk den ikke over tjue grader.

Sommeren hadde såvidt begynt og jeg hadde gjort meg ferdig med videregående. For en fantastisk følelse! Planen for det kommende året var å reise jorden rundt. Jeg og tre kompiser hadde spart i tre år, hoppet over den dyreste delen av russetiden og hadde klart å samle opp en betydelig sum til reisekassa. Vi delte en drøm om å runde kloden vår - men vi dro ikke før to av de andre var ferdig med eksamenene sine om et par uker.

I mellomtiden nøt jeg naturen i mitt eget land. Jeg jogget ikke hver dag, men ofte hver helg. Hodet mitt føltes mye klarere etter en joggetur i skogen og jeg ble på en måte klar for en ny uke, nye utfordringer - klar til å ta på meg hva som helst.

Jeg stoppet litt for å trekke pusten. Foran meg rant det en bekk og jeg lente meg ned for å drikke litt vann. Det var da jeg fikk øye på dem.

Tvillingene. Bare noen meter foran meg satt to karer, muligens noen år eldre en meg. De hadde mørkt langt hår, grønne kamuflasjefargede klær og satt i hver sin campingstol og en øl i høyrehånden. Begge to stirret rett på meg. Det var egentlig en litt absurd situasjon. Først trodde jeg at jeg så dobbelt, at jeg kanskje hadde blitt svimmel av joggingen. For der på hver sin stol, med et ganske stort telt i bakgrunnen satt to helt identiske menn, både i klær og utseende, å stirret på meg. Nå løftet de ølen sin samtidig og tok hver sin slurk. Den eneste forskjellen var at han til venstre drakk med høyrehånden og han til høyre drakk med venstre. En av dem kunne like gjerne vært den andres speilbilde.

'Ehm... Hei' sa jeg og satte meg opp.

'Mårn' svarte de i kor.

Jeg gliste, det kunne nesten ikke være sant. Nå smilte en av de to karen også, han må ha skjønt at det hele så rimelig komisk ut.

'Har du lyst på en øl?' spurte han.

Jeg hadde jo fri. En øl hørtes ut som en fantastisk idé så jeg takket ja til tilbudet.

De hadde ingen flere stoler så jeg satte meg ned på bakken foran dem. De presenterte seg som John og Jone. Jeg forklarte at mitt eget navn var Torstein.

'Hva gjør dere her ute egentlig?'

'Vi holder egentlig på å gå Norge på langs' begynte han som het Jone.

John fortsatte 'Men det var fint her så vi slo camp her et par dager. Dessuten går det en del oppover herfra så vi bestemte oss for å drikke opp øllageret før vi fortsatte.'

'Og da ble vi en dag ekstra.'

'Flaks for meg,' sa jeg og åpnet ølboksen jeg hadde fått slengt i hånden.

Jeg syntes det var en imponerende tur de hadde begitt deg ut på. De var stolte selv også og forklarte velvillig om hva de hadde opplevd så langt. foreløpig hadde de gått i en måned, men forklarte at de ikke akkurat hadde noe tidsskjema. De hadde gått noe sånt som tre hundre kilometer og planla å være fremme ved Nordkapp en gang i løpet av høsten. De to tvillingene imponerte meg stort. Jeg hadde lyst til å gjøre det samme en gang, men først var det altså verden rundt. De lyttet til reiseplanen min og syntes det absolutt hørtes ut som en god plan. Det lengste utenfor Norge de hadde vært var Danmark.

Vi småsnakket slik i flere timer. Om jeg ikke hadde gjettet det på dialekta så var de fra sørlandet, de var eneggede tvillinger og 26 år gamle. Noen år eldre en meg altså, jeg var 18. Etter fire halvlitere var jeg ganske på druen.

Plutselig åpnet himmelen seg og vi flyttet inn i teltet. Det var et stort telt, man kunne med en liten knekk i nakken stå helt oppreist hvis man ønsket det. Jeg satte meg i mellom dem og før jeg visste ordet av det hadde begge brødrene tilsynelatende tilfeldig lagt en hånd på magen min.

Jeg visste ikke hvordan jeg skulle reagere, og enda mindre når John av dem begynte å føre hånden innenfor bukselinningen min. Fingrene hans tok grep om pikken min og i løpet av sekunder hadde jeg en heftig ståpikk.

Jone la en hånd rundt hode mitt og dro det til seg, så begynte han å kysse meg. Samtidig holdt han fast armene mine så jeg ikke kunne finne på noe sprøtt, men jeg hadde ikke noe i mot det. Fremdeles var jeg litt lamslått og ute av stand til å reagere, men jeg lot ham kysse meg.

Begge guttene begynte å stryke meg over kroppen med hendene sine og jeg utstøtte et lite stønn når pikken min forsvant inn i en varm munn med en roterende tunge.

Det hele ble fort for mye for meg, jeg kjente at det begynte å bygge seg opp i ballene mine. Pikken min var kanskje ikke den lengste i verden men John arbeidet den jevnt og trutt, inn og ut av munnen sin mens tungen gjorde mirakler med kukhodet mitt.

Men når han la en finger mot rumpehullet mitt klarte jeg ikke mer. Jeg stønnet høyt, Jone holdt meg enda bedre fast å jeg lot det stå til. John kjente at jeg kom å sugde enda heftigere til det ikke var en dråpe til å hente.

Jone holdt meg fortsatt fast mens John dro av meg alle klærne. Så begynte de å kle av seg selv også. De to identiske guttene stod igjen nakne foran meg med hver sin identiske pikk stående i en vinkel oppover. Det var to store pikker, sikkert dobbelt så store som min egen, både i lengde og bredde. Rundt hver av røttene var det en stor mørk busk av kjønnshår.

Jeg likte dette, et eller annet inni meg var i ekstase over hele opplevelsen. Jeg ville nyte dette til det fulle. En gang før, hadde jeg hatt sex med en gutt, men da bare litt uskyldig runking og suging. Jeg var ikke redd, ølen bedøvet meg litt men den avsugde pikken min var på god vei mot stiv tilstand igjen

De presset meg ned på knærne og jeg la en hånd rundt hver av pikkene foran meg. Jeg fikk fingrene mine rundt dem - men bare så vidt. De var svære. Jone dro hodet mitt mot pikken sin, jeg gapte over. Den føltes nesten større i munnen min, jeg ville aldri verden klare å svelge hele pikken hans. Allerede halvveis inn ble den stoppet av drøvelen min og jeg brakk meg, men det stoppet ikke Jone. Han begynte å knulle munnen min så jeg fikk tårer i øynene.

Han styrte hodet mitt frem og tilbake i flere minutter før John tok over. Jeg fikk trekke pusten bare i et par sekunder før pikken hans ble dyttet inn i munnen min. Jeg sugde så godt jeg klarte, men det var ikke så lett å bevege tungen med en så stor pikk som fylte gapet mitt, så jeg nøyde meg med å ta i mot de harde støtene hans.

Jeg likte smaken, det smakte kjønn og mann. Ikke som pikken til kompisen min, den hadde vært mer søt og med et hint av urin. Dette var skikkelig mannepikk.

Jone markerte at han ville jeg skulle runke ham, men det var vanskelig å konsentrere seg om den samtidig som jeg ble munnpult av John.

I stede forsvant Jone bak meg og med et lite hyl av smerte kjente jeg en våt finger bli presset opp i hullet mitt. Han gjorde ikke noe forsøk på å ta det rolig, og helt ærlig ville jeg ikke at han skulle gjøre det heller. Jeg ville bli brukt. Ville at de skulle knulle meg så godt de kunne.

Han begynte å fingre den trange rompa mi og jeg klynket meg litt, men lot det stå til. Dessuten hadde jeg nok med pikken som pulte meg i kjeften. Det tok ikke lang tid før han trengte inn enda en finger. Når han førte inn den tredje stønnet jeg høyt når han begynte å leke rundt inni meg med fingrene sine.

Etter en stund lente Jone seg frem og holdt skinkene mine til sides så John fikk fri tilgang. Han stønnet litt ved synet av hullet mitt.

'Knull ham hardt! Ta denne lille horegutten som han aldri har blitt tatt før!' hørte jeg Jone si og så hørte John spytte og like etter en skarp smerte i det han presset seg brutalt inn i meg. Jeg var sikker på jeg kom til å sprekke og hadde lyst til å grine, men det var det ikke tid til. John begynte å knulle meg og jeg kjente han stikke hele pikken sin inn i meg før han begynte å pumpe frem og tilbake.

Det samme skjedde foran meg. Den nye vinkelen gjorde at Jone kom dypere inn med pikken sin også og nå kjente jeg kjønnshårene hans i nesa hver gang han pumpet inn. Slik pulte tvillingene meg fra begge sider i flere minutter. De stønnet og pumpet stadig fortere. Jeg lukket øynene, smertene hadde gått over. Tilbake stod jeg i ekstase, det føltes som om hele kroppene min ble dratt frem og tilbake på en stor stang.

'Vi bytter.' sa Jone 'Jeg vil kjenne den skitne guttefitta rundt pikken min!'

De trakk seg ut fra hver sin side, det plutselige tomrommet fikk det til å svimle for meg. Det føltes som om en del av meg manglet. Jeg holdt på å falle sammen, men guttene holdt meg oppe. De sterke armene deres løftet hele kroppen min opp fra bakken og som en dukke kjørte de de svære pikkene sine inn i meg igjen.

Jone stønnet dypt når pikken hans gled inn i meg, han holdt det ene benet mitt høyt mens det andre dinglet løst i lufta og begynte straks å bygge opp et tempo. Halsen min var helt åpen nå og det var ikke noe problem for John å kjøre inn staven sin til rota. Den enste forskjellen nå var at Johns pikk hadde en svak eim av hullet mitt, det gjorde meg merkelig nok jævlig kåt.

Som fastlåst lot jeg tvillingene knulle meg igjen, jeg nøt hvert sekund av det. Men plutselig begynte det å pulsere i pikken til John.

'Kommer.' stønnet han.

'Her og.'

Begge to økte farten et øyeblikk før jeg kjente en strøm av varm saft sprute ut av begge tvillingene samtidig. Begge to lente seg inn så langt de kom og jeg gurglet i meg den spermen som presset seg oppover halsen min.

De trakk seg ut på hver sin side og sank sammen på hvert sitt liggeunderlag.

De så opp på meg som stod litt fortumlet tilbake, jeg strøk meg over hullet mitt å kjente en klissete veske renne ut av hullet mitt som ikke helt hadde lukket seg enda.

'Kom her!' sa Jone smilende. Han dro meg ned så jeg endte mellom dem. 'Du er faen meg sexy.'

'Ja, det der var nydelig' sa John. 'Likte du det?'

'Det var helt fantastisk.' sa jeg.

'Du vil kanskje komme en gang til?' spurte Jone, men ventet ikke på svar. Dro bare bena mine bakover så rompa mi ble det høyeste punktet på kroppen min. Så byttet de på å slikke og fingre meg, mens de sugde og runket meg. Til slutt sprutet jeg en ladning som ingen annen inn i Jones munn. Han tok alt i munnen sin før han blåste det inn i den såre rompa mi.

Etterpå åpnet vi en ny øl og jeg ble værende hele natten. Tvillingene byttet på å knulle meg i alle mulige vinkler flere ganger utover kvelden og natten. Selv om det var helt fantastisk, var det ingenting som slo den første gangen.

Skateren

Jeg pleide å gå forbi skolen på vei hjem fra jobb om kveldene. Ungdommen pleide å bruke asfalten utenfor til å skate etter at barna var sendt hjem for dagen. Det var satt opp egne ramper der, og når ikke det holdt, satte guttene sammen bord og benker for å øke vanskelighetsgraden. Området var lyst opp av lyskastere så det var ingen som oppdaget meg i skyggene når jeg stoppet å så på dem i noen minutter hver kveld.

Jeg var fascinert av kroppene deres. Skatere har en tendens til å alltid være relativt tynne og spreke. Av og til satte de seg ned for å ta en røyk eller joint for å planlegge sitt neste stunt og da så de ut til å hygge seg. Mange av dem hadde en del muskler i ben og armer og de unge rumpene deres fikk meg nesten til å sikle.

Jeg skatet ikke selv. Det passet meg ikke å balansere på de små brettene, en gang når jeg var yngre hadde jeg falt og nesten knust halebeinet mitt. Etter det holdt jeg meg unna alt som hadde med å putte hjul under føttene mine.

Men jeg holdt meg i form. I jobben min som treningsinstruktør, hadde jeg lange økter hver eneste dag og var med tid og stunder blitt veldig fornøyd med min egen kropp. Rompa mi var blitt stram og magen så ut som et vaskebrett. Jeg hadde opparbeidet meg en utholdenhet som matchet de fleste og spiste en helt korrekt diett.

Guttene avsluttet for kvelden og gikk hver til sitt, det gjorde jeg også. Hjem til den lille leiligheten jeg hadde nede ved elva. Den lå i et gammelt trehus, og var egentlig ganske sjarmerende. Litt slitt i kantene var den kanskje, men det holdt i massevis for meg.

Det banket på døren og før jeg rakk å reagere stod Freddy i stuen min. Freddy var naboen min, 25 - like gammel som meg og min beste venn. Vi møttes først når jeg flyttet til byen for to år siden og hadde fort blitt verdens beste venner. Av og til overnattet han hos meg også, når ikke dama hans var hjemme fra studiene. Han påstod jeg var hans favorittelsker og jeg hadde ikke noe i mot at vi hjalp hverandre med å holde de verste driftene i sjakk.

'Karina har dratt på jentetur til Kjøben.' sukket han. Han satte seg i stolen å slo på fjernsynet og Playstationen. Han fortsatte der han slapp sist i spillet. 'Hun blir borte i fire dager, hva skal jeg finne på da?'

'Du kunne jo prøve å skaffe deg en jobb?' foreslo jeg.

'Jobb? Det er ikke noe for meg.'

Freddy hadde aldri jobbet en dag i sitt liv, han var en lat jævel som tjente penger på å selge smuglersigaretter og sprit. Men det var sjeldent nok til å fylle dagene hans.

'Kan du ikke suge meg litt?' spurte han furtende. Han gned seg i skrittet.

Jeg hadde vært kåt hele dagen. Derfor hadde jeg ikke noe imot forslaget. Dette var vanlig prosedyre oss i mellom. En ekte bromance som inkluderte at vi begge fikk tømt oss når vi hadde behov for det. Derfor satte jeg meg ned mellom bena hans å hjalp ham med å trekke joggebuksa helt av. Han beholdt Nirvana-skjorta på. Pikken hans var nesten helt hard allerede. Jeg slikket ballene hans til den ikke hadde mer å gå på å svulmet opp til en diger kuk jeg kjente godt.

Jeg kjørte hodet mitt ned på den og Freddy la hode bakover og nøt arbeidet mitt. Han var stor, men jeg hadde ikke noe problem med å få hele ham ned i halsen bare jeg holdt hodet i riktig vinkel. Jeg brukte den ene hånden til å runke ham innimellom. Med den andre hånden lurte jeg en finger opp i hullet hans også. Han stønnet fornøyd.

Etter fem minutter kjente jeg at han nærmet seg. Han stønnet tettere og jeg sugde og fingerpulte ham kraftigere. Etter enda et minutt kjente jeg sæden hans fylle munnhulen min og jeg svelget grådig. Freddy smakte alltid godt.

Han så smilende fornøyd ut. 'Takk, du er den beste. Hva skulle jeg gjort uten deg.'

Jeg lo, 'Da hadde du hatt et problem.'

'Skal jeg suge deg også?' lurte han.

'Næ, jeg må få meg noe mat først. Du kan suge meg etterpå.' svarte jeg å gikk for å lage noe pasta. Etter middag dro jeg Freddy vekk fra Playstation og ned på gulvet hvor han sugde meg tom. Han svelget hele lageret med sperm som hadde bygd seg opp. Jeg tenkte på guttene i skateparken.

Neste dag jobbet jeg ekstra sent, det var onsdag og jeg hadde den siste fellesgruppa den dagen. Når jeg var ferdig dusjet jeg på jobben å begynte på hjemveien. Jeg gledet meg til å gå forbi guttene som vanlig. Men i dag var det ingen der. Eller jo, en gutt holdt på for seg selv i det ene hjørnet. Han hadde satt sammen bordene og gjorde seg klar til å ta hele løypa. Jeg kunne se at han gjorde sitt beste for å ta seg sammen før han begynte å ake seg fart. Han sparket fra og gjorde seg klar til det første hoppet, tok sats og landet rett på kanten av det første bordet. Brettet knakk og jeg så han ende opp med et bein oppå bordet og et under. Hylet avslørte at han traff heller uheldig når han møtte bordet.

Jeg løp bort til ham. Han lå på bakken å vred seg mens han holdt en hånd på stellet sitt og den andre på ankelen. Det så ut som om han hadde det helt jævlig.

'Det der så jævlig vondt ut!' var det første jeg sa.

Han klarte ikke svare, klemte bare fast i ballene sine.

Jeg lot ham ligge noen sekunder. 'Få se på beinet ditt,' sa jeg.

Han stirret på meg nå, sikkert usikker på hva han skulle tenke.

'Slapp av,' sa jeg. 'Jeg kan førstehjelp. Du må puste.'

Han gjorde et par forsøk og til slutt pustet han dypt i hvert åndedrag. Jeg satte meg ved benet hans og kjente på det. Han ynket seg når jeg kjente på den.

'Den er ikke brukket sa jeg, men du har nok stuet den skikkelig.' Jeg så opp på hånden han holdt seg i skrittet med. 'Er det halebeinet eller ballene?' Spurte jeg.

'Ballene.' sa han mellom pustene.

'Klarer du å gå?' spurte jeg.

Jeg hjalp ham opp og han gikk prøvende på det skadede benet. Han klarte å gå på det så lenge han ikke lente seg for mye.

'Bor du langt unna?' ville jeg vite.

'Ja, det tar førti minutter å gå, tjue på skateboard.' Han så bort på skatebordet hans som lå i to deler på bakken.

'Vel, du kan ikke gå så langt helt ennå. Kanskje om et par timer hvis du er heldig.'

Jeg så på gutten. Han var en pen gutt med klare linjer i ansiktet og hvite tenner. Fortennene hans var litt større enn de andre, men det gjorde ham bare utrolig sjarmerende. Håret var langt blondt og nådde ham til skuldrene.

'Jeg bor rett borti gata her,' jeg pekte i retning av huset mitt. 'Du kan nesten se det herfra. Hvis du vil kan du få slappe av der til foten din er bedre. Hvis ikke får den blir bedre får du ta en drosje eller noe, jeg kan sikkert låne deg noen kroner..'

Gutten skulte på meg i noen sekunder, forsøkte å bestemme seg om jeg var til å stole på. Til slutt hadde han bestemt seg å stakk frem hånden.

'Harry' sa han

'Trond' sa jeg. 'Kom.'

Jeg støttet ham bortover veien, lot ham lene seg på meg i stede for den skadede foten.

'Flaks at du var i nærheten. Det er ingen hjemme hos meg før senere i morgen tidlig. Pappa jobber nattevakt på gamlehjemmet.' La han forklarende til.

Flaks for meg også tenkte jeg, men sa det ikke høyt.

Jeg stablet ham ned i stolen til Freddy og satte fram en kasse han kunne legge beinet på. Foten hans hadde ikke blitt noe bedre, den hadde hovnet opp inni skoen og ansiktet hans vred seg i smerte når jeg forsiktig dro av ham skoen.

Jeg slang et blikk mot hånden som klemte mot ballene hans. Han gned forsiktig og jeg kunne skimte pikken hans gjennom shortsen. Jeg la en ispose på ankelen hans og så opp på ham.

'Går det bra der oppe?' sa jeg og nikket mot skrittet hans.

'Det gjør jævlig vondt ennå.' han gned som for å kjenne etter.

'Vil du jeg skal se på det?'

Det gikk et lite støkk gjennom ham. 'Er det.. jeg mener, kan det være farlig?'

Jeg heiste på skuldrene. 'Vel, det er selvfølgelig en mulighet at du har skadet deg skikkelig, i så fall burde vi få deg til legen..'

Han fikk et sjokkert uttrykk i ansiktet. Tydelig skremt ved tanken. 'Du kan godt sjekke. Hvis du vil da?'

Jeg heste på skuldrene for andre gang. 'Hvorfor ikke.'

Han begynte å trekke ned buksa si og jeg hjalp ham med bokseren. Tilbake lå den slappe pikken hans ut til siden. Jeg måtte anstrenge meg for ikke å skjelve på hånden. Nedi buksa mi kjente jeg at pikken min presset mot treningsbuksa jeg ennå ikke hadde kommet meg ut av.

Jeg kjente forsiktig på ballene hans en etter en. De var tydeligvis litt ømme for han knøt seg litt. Når jeg beveget fingrene under, løftet på ballene hans og studerte skrukken hans. Jeg strøk forsiktig en litt skjelvende finger over den og det rykket såvidt i penisen. Han må ha oppdaget det selv, for han rødmet lett.

'Det ser ikke ut til at du har noen synlige skader. Kanskje du fikk en av ballesteinene dine i klem. Kjenner du noe når jeg tar på dem?' Jeg klemte forsiktig på hver av dem etter tur.

'Ja, der!' sa han når jeg rørte ved den venstre.

Jeg fortsatte å klemme å stryke den litt og nå begynte pikken hans å vokse. Han vred seg litt i stolen, usikker på hva han skulle gjøre.

'Det føles bedre når du tar på den.' sa han stille.

Ballene hans trakk seg sammen mer og mer etter hvert som pikken hans vokste. Han fortsatte å vri seg litt i stolen. Nå var den så stiv at den flyttet på seg selv og pekte rett opp i stede for til siden.

'Eh. tror du det vil gå bra med den?' spurte han nervøst.

'Det tror jeg,' sa jeg 'Den trenger bare litt behandling.'

'Behandling?' sa han forvirret.

'Ja, behandling.' Bekreftet jeg.

Jeg fortsatte å stryke og ta på ham til pikken han var helt stiv. Da begynte jeg å runke ham forsiktig og han stoppet meg ikke.

'Er det bedre nå?' spurte jeg forsiktig.

Han lukket øynene 'Mye bedre.'

Jeg runket den tynne ungpikken hans mellom tommelen og to fingre til. Så uten å advare ham lente jeg meg over å puttet hele ham i munnen min. Han klynket lett når jeg introduserte pikken hans for tunga mi.

Jeg strøk ham over skrukken og satte meg bedre til rette med det friske benet hans over skulderen min. Da fikk jeg enkel tilgang til en nydelig liten rumpesprekk med pekefingeren min. Mens jeg fortsatte suge ham grundig førte jeg fingeren min inn i hullet hans. Det var like trangt som jeg hadde sett for meg og Harrys kropp bøyde seg i en liten bue ved følelsen av fingeren min men protesterte ikke. Tvert i mot klemte han bare hode mitt ned mot pikken sin og løftet litt mer på beinet.

Nå var jeg så kåt at pikken min pulserte i buksa mi. Jeg vrikket meg ut av den, dyttet benet hans over på siden så rompa hans stod blottet tilbake. Han strakk en hånd ned å kjente på pikken min mens han stirret meg i øynene. De formelig skrek etter at jeg skulle ta ham.

'Går det bedre nå?' spurte jeg.

'Nja,' sa han og dro på det med et spøkefullt uttrykk.

Jeg fuktet pikken min å siktet den inn mot hullet hans, det tok litt tid, men etter et par minutter gled jeg sakte inn i ham og ansiktet hans uttrykte et *wow*. Jeg smilte tilbake og stønnet lett. Så begynte jeg å knulle ham.

'Ja!' skrek han, 'Ta rompa mi!'

Han overrasket meg, dette var ikke det jeg hadde forventet av ham, men jeg nølte ikke med å presse meg inn og ut av ham med sikre bevegelser. Det var trangt, det trykket, det føltes som om pikken min ble massert og det ble ikke bedre av han han konstant strammet ringen sin. Jeg måtte anstrenge meg for å holde igjen, men jeg hadde trening med å holde igjen.

Han la de skadede benet sitt over skulderen min også og jeg brukte fordelen til å ta et godt tak rundt hoftene hans og knullet ham hardt. Jeg tok tak i hver av leggene hans og spredte dem så langt det gikk. Han var så myk at jeg klarte å dytte benene hans bak skuldrene hans så det holdt seg der av seg selv.

Nå knullet jeg ham rytmisk som en murrende ball og han tok over runkingen av sin egen pikk. Jeg har aldri sett en så kåt gutt i hele mitt liv. Han forsøkte å nå pikken sin med munnen og klarte det såvidt. Jeg hold et godt grep i rompa hans, spredte den fra hverandre og knullet ham med økende styrke.

Det lyste av ham. Han tok i mot hvert enkelt støt med et klynk og gledet seg umiddelbart til det neste. Han begynte å runke seg selv raskere og når han gapte opp for å ta i mot sin egen sperm klarte jeg ikke mer. Jeg la inn et par siste skikkelige støt og slapp meg løs inni ham, med et enormt stønn.

'Åh, jeg kjenner deg inni m.. ååh jeg kommer jeg også!' Han gapte så høyt han kunne og presset pikken mot leppene sine. Jeg fortsatte å støte inn i ham sakte til han hadde tømt seg i sin egen munn. Han s opp på meg smilte stort og for første gang kysset jeg ham og brukte tungen min til å ta min del av spermen hans. Jeg trakk meg ikke ut av ham før jeg var helt slapp igjen.

Etterpå spilte vi Playstation. Harry overnattet, han red meg i minst en fantastisk time, mens han selv kom to ganger utover magen min - men den seansen får vente til en annen gang...

Sextreff

Jeg var sinnsykt kåt. Det var over to uker siden jeg hadde hatt sex og begynte å bli lei av hånden min. Jeg ville kjøre pikken inn i en deilig myk og trang rumpe, jeg ville bli sugd til jeg sprutet langt ned i halsen på en kjekk fyr med nydelige muskler, stjerner i øynene og bli tatt av en feit lang pikk. Jeg oppdaterte nettsiden, men ingen hadde svart på meldingene mine ennå. Typisk, det er alltid noe å hente når du minst trenger det. Men når du først holder på å eksplodere da skal det vise seg helt umulig.

Det ringte på døren og jeg gikk for å åpne. En kjekk ung mann stod utenfor. Han så ut til å være en del eldre en meg, rundt tredve kanskje. Han hadde et pent trimmet skjegg på haken. Huden hans var svart som natten og han smilte bredt. Jeg gjettet på et eller annet land i Afrika. Jeg ble stående å måle ham fra topp til tå. De store sterke armene hans holdt et godt grep rundt pizzaen jeg hadde bestilt.

Mens jeg spiser maten mens jeg surfer nettet videre og endelig fikk jeg napp. En attenåring jeg har chattet litt med tidligere sender en melding og forslår å møtes. Han bor fremdeles hjemme og lurer på om vi kan være hos meg.

Selvfølgelig kan vi det. Jeg bor jo alene og midt i byen. Vi avtaler at han skal komme rett fra skolen. Jeg sender ham adressen og han sier at han kan være der klokken halv fire. Jeg så på klokken, det var en time til.

Jeg kastet meg i dusjen og vasket meg godt. Etterpå gikk jeg over hele kroppen med høvel og tok spesielt et tak rundt ballene mine og rundt anus. Jeg smurte inn huden med fuktighetskrem og følte meg straks veldig fresh.

Gutten het Sean - faren hans var visstnok Amerikansk, og vi hadde chattet på nettet flere ganger, fortalt hverandre hva vi hadde lyst til å gjøre med hverandre. Han var to år yngre en meg og hadde nettopp fylt atten. Han var søt, hadde kort mørkt hår og snakket åpent om sine sexopplevelser. På webcam hadde han vist meg både pikken og hullet sitt flere ganger, en gang hadde vi runket sammen - nå skulle vi altså møtes.

Jeg fulgte klokken med øynene mens jeg skjenket meg et glass vin. Tiden gikk jævla sakte men endelig ringte det på døren.

På vei mot døren gjorde jeg en siste sjekk i speilet. Den korte blonde håret mitt så nydusjet ut og jeg så greit ut. Klar til dyst.

Døren gikk opp og jeg ble straks overrasket. For utenfor stod ikke bare gutten jeg hadde en avtale med, men også en annen kar.

'Håper du ikke har noe imot at jeg tok med en kompis.' sa han smilende.

Jeg visste ikke hva jeg skulle si 'Nei, jøss..'

Den fremmede gutten stakk frem hånden 'Hei, Halvor.'

'Christian' sa jeg, fremdeles like overrasket. Men det var ikke noe å ster å trykke etter 'Kom inn.' Fortatte jeg å viste dem inn i gangen. Døren ble låst bak oss og vi gikk inn i stuen.

Vi ble stående å se på hverandre et par sekunder, det overrasket meg ekstremt at Sean hadde valgt å ta med en kompis på denne måten uten å si fra til meg først. Men jeg antok det bare gjaldt å gjøre det beste ut av situasjonen.

Ute av stand til å starte samtalen løftet jeg opp vinglasset mitt og tok en slurk

'Vil dere ha vin?'

De så på hverandre og jeg forstod at det ikke var helt feil så jeg skjenket dem hvert sitt glass. Halvor var direkte nydelig. Et pent gutteansikt, med halvlangt hår. Han hadde markerte magemuskler lett synlige gjennom en trang t-skjorte og et smil som hang fast under en flott liten oppstoppernese

Jeg satte meg ned i sofaen. De ble stående et øyeblikk og så kom de å satte seg ned på hver sin side av meg.

'Jeg ble litt overrasket når det plutselig var to av dere.' sa jeg ærlig.

Sean la en hånd på låret mitt og tok en stor slurk av glasset sitt før han svarte.

'Halvor hadde så lyst til å være med, han har aldri hatt sex med en gutt før.'

Jeg så bort på Halvor som smilte svakt. Uten forvarsel lente han seg over meg og kysset meg, og jeg kysset gjerne tilbake. Leppene hans var myke og smakte søtt.

Sean begynte å kneppe opp buksa mi og jeg fulgte opp med å kneppe opp Halvor sin. Når Sean hadde dratt av meg buksa begynte han straks å suge meg. Jeg klarte ikke å la være å stønne og rett etter fikk jeg tak rundt pikken til Halvor og begynte å runke ham som en gal. Vi hjalp hverandre med å vri og dra hverandre ut av klærne våre og rett etter var vi kliss nakne alle tre.

Jeg lente meg tilbake og lot de to gutten jobbe med kroppen min som de ville. Halvor hadde tatt over sugingen av pikken min og den varme munnen hans kjente absolutt ikke ut som om han aldri hadde gjort det før. Han lekte med tungen og hjalp til med munnen innimellom.

Sean reiste seg opp i sofaen og plasserte sin egen pikk på høyde med munnen min og jeg nølte ikke med å suge ham. Det var en nydelig halvstor helstiv pikk som jeg sugde inn til roten å nøt lyden av stønningen hans. Jeg lot ham kjøre pikken sin inn og ut av munnen min som han ville og digget at han tok tak i hode mitt og dro det frem og tilbake over pikken hans. Det var fantastisk. Jeg for min egen del gjorde det samme med hodet til Halvor - men det er mulig han slet litt mer med dette en jeg gjorde. Jeg gav faen, hadde han valgt å komme hit fikk han tåle det som møtte ham. Uten forvarsel kjørte jeg en finger opp i Seans rumpe og kjente på veggene innenfor mens han stønnet enda mer.

Men det var en rumpe jeg hadde enda mer lyst på. Jomfruhullet til Halvor gjorde meg smågal, så etter en stund avbrøt jeg sugingen og fikk lagt Halvor ned på ryggen med hodet hans under meg så han kunne fortsette å suge meg mens jeg konsentrerte meg om å spise rompa hans. Samtidig gav jeg Sean all den tilgangen han trengte til mitt eget varme hull.

Halvor fortsatte å suge meg og jeg dro til meg hele rompa hans og holdt den fast mellom hendene mine. Så spredt jeg rumpeballene hans og stirret rett ned på en nydelig liten og trang guttefitte. Jeg kjørte tungen min rett inn i ham og skjønte på hvordan sugingen tok seg opp at dette var noe han likte. I det samme kjente jeg at det samme skjedde med min egen rumpe og det føltes så godt at jeg bøyde meg fremover og måtte ta et par sekunders pause før jeg fortsatte.

Til slutt har jeg fått to fingre inn i Halvors rumpe å fingrer ham brutalt mens jeg bøyer pikken hans bakover for å suge pikken hans. Han er større en Sean og det hender jeg må brekke meg men fortsetter likevel.

Det er helt nydelig, men jeg vil knulle ham også før jeg kommer. Derfor stopper jeg oss og trekker meg ut av halsen til Halvor. Sean som jeg gjetter ved følelsen har fire fingrer inni meg gjør seg også klar. Jeg bøyer meg bakover og kysser Seans lepper mens jeg vrir Halvors kropp rundt så jeg kan se ansiktet hans i det jeg presser meg inn i ham for første gang.

Halvor holder velvillig bena sine til siden og gjør seg klar foran meg. Jeg kjenner at Sean presser seg inn i meg og stønner høyt. Han venter inni meg mens jeg presser kukhodet mitt mot Halvors hull. Det er trangt, men den glir til slutt fint inn mens Halvor roper 'Au, au, au!' Jeg bare smiler til ham og begynner å bevege meg ut og inn av ham. Fremdeles har jeg bare halvparten av den tykke pikken min inni ham. Han stirrer på meg med åpen munn og ser forferdet ut, men jeg fortsetter å kjøre inn og ut av ham, hver gang litt lenger inn.

Følelsen av å bli råpult av Sean og selv få knulle et jomfruhull får meg til å skjelve av kåthet. Og når jeg rører ved ballene til Halvor og ser pikken hans begynne å pumpe tar det ikke mer en et par sekunder før han spruter ut og stønner høyt og lenge. Den første strålen treffer sofaen bak ham, men jeg rekker å få tak i pikken hans og hjelper til med et par runk, de neste tre sprutene treffer derfor magen min. Han legger hendene på hoftene mine og følger dem mens jeg fortsette å knulle ham hardt.

Rompa hans trekker seg fremdeles sammen etter orgasmen og like etter kommer jeg inni ham. Jeg presser meg mot ham og han stønner høyt når han kjenner varmen fra spermen hans treffe inni ham.

Sammentrekningene i rumpa mi får Sean til å brøle også, jeg lener meg over Halvor og kysser ham mens jeg kjenner hvordan Seans sperm sprer seg. Han trekker seg ut så den siste halvannen spruten treffer utenfor hullet mitt.

Etterpå slikker Sean meg ren, han svelget det han kunne finne før han satte seg på kne ved siden av meg og Halvor og slikket oss rene begge to.

Når vi var vasket rene utvekslet alle tre kyss og så satt vi nakne i flere timer og drakk vin før vi knullet igjen. Denne gangen red Halvor både meg og Sean samtidig.

Det neste året møttes vi stadig for å ha sex. Av og til var det en av dem som kom, andre ganger begge to. I ettertid må jeg innrømme at Halvor alltid var favoritten min, men det er det bare han som vet.

www.ingramcontent.com/pod-product-compliance
Ingram Content Group UK Ltd.
Pitfield, Milton Keynes, MK11 3LW, UK
UKHW041919190726
13854UKWH00003B/1329